로미오는 줄리엣을 사랑하지 않았다

로미오는 줄리엣을 사랑하지 않았다

발행일	2018년 1월 5일

지은이	문 윤 범		
펴낸이	손 형 국		
펴낸곳	(주)북랩		
편집인	선일영	편집	권혁신, 오경진, 최예은, 오세은
디자인	이현수, 김민하, 한수희, 김윤주	제작	박기성, 황동현, 구성우
마케팅	김회란, 박진관, 김한결		
출판등록	2004. 12. 1(제2012-000051호)		
주소	서울시 금천구 가산디지털 1로 168, 우림라이온스밸리 B동 B113, 114호		
홈페이지	www.book.co.kr		
전화번호	(02)2026-5777	팩스	(02)2026-5747

ISBN	979-11-5987-929-6 03810(종이책) 979-11-5987-930-2 05810(전자책)

로미오는 줄리엣을 사랑하지 않았다

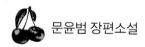 문윤범 장편소설

낮설지만 아름답고 치명적인 사랑 이야기

북랩 book Lab

Prologue

흔들리는 나무들 사이로 스쳤다. 부서지는 풀잎들 속에 무언가를 보았다.

사슴은 쓰러진 채로 옅은 숨을 뱉어내고 있었다. 곁으로 다가가 그 모습을 내려다봤을 땐, 그 불쌍하고 가여운 눈망울엔 두려움이 글썽이고 있었다.

사슴을 품에 안았다. 그리고 사슴은 내 가슴에 안겨 눈물을 흘렸다. 하지만 사슴은 떠나고 없었다. 잠에서 깨 눈을 떴을 땐.

사슴은 사라지고 보이지 않았다.

그 모습이 지워지지 않는다. 사슴의 울음소리는 귓가를 맴돌며 기억 속을 떠나지 않는다. 그 깊고 어두웠던 숲 속에서 마주친 사슴의 모습을 기억한다. 잊을 수가 없다. 지울 수도 없었다. 그 어린 눈망울이 흘린 아픔은 내 가슴에 흉터를 남겼다.

Contents

Rue Julien-Lacroix

 사람들의 얼굴에 불빛들이 번쩍인다. 컴컴한 무대 위를 비추는 조명 불빛에 여러 가지 색깔의 얼굴들이 나타났다 사라진다. 쿵쾅거리는 음악 소리가 속을 메슥거리게 한다. 탁자에 놓인 술병과 잔들이 깨질 듯 일그러진다. 머리가 아파온다. 내 머릿속엔 현기증이 산다. 눈을 뜨기가 힘들었다. 자리를 뜨고 싶었다. 더욱 심해져 가는 어지러움에 이곳을 빨리 벗어나고 싶은 생각뿐이다.

 사민이 낀 검은색 테의 안경 위로 어지러운 클럽의 풍경이 비친다. 사민은 술잔을 입에 댄 채로 그 풍경을 바라보고 있다 다시 몸을 일으켜 세운다. 그리곤 안경을 벗어 셔츠 포켓에 끼워넣었다. 사민의 몸에는 문신이 하나 더 늘었다. 셔츠 소매 사이로 팔에 박혀 있는 선들이 보였다. 사민이 입은 하얀색의 셔츠 위로 희미한 무늬의 패턴이 비친다.

사민은 손에 든 잔을 탁자 위에 내려놓았다. 그리곤 자리에서 일어서며 말했다.

"집에 바로 들어가라. 또 거기 가지 말고."

친구들은 내가 병에 옮을까 걱정했다. 그리곤 한숨 섞인 웃음을 짓는다.

"너 아직도 거기 가?"

종이 냄새 나는 사람들과 어울리지 말라며 친구들은 내게 충고하곤 했다. 난 아무런 대답도 하지 못한 채 눈을 떨어뜨렸다.

술값은 사민이 냈다. 항상 자리에서 먼저 일어서는 건 사민이었다. 계산대 앞에서 카드를 내미는 사민의 모습을 바라본다. 내가 마신 양만큼의 술값을 따로 건네야 했지만, 하지만 그럴 수 없었다. 주머니 속에 있는 돈을 꺼내 내밀어도 사민은 받지 않을 것이다. 어차피 지폐는 쓰지도 않는다.

구겨진 지폐를 꺼내는 게 부끄럽다고 생각한 건 아니었다. 그런 자신의 모습을 초라하게 생각하진 않았다. 덕분에 난 혼자서 술을 마실 시간을 얻었다. 친구들의 충고를 무시한 채 난 Bar로 향하는 택시에 올랐다.

반포대교를 건너는 택시의 창문으로 가로등 불빛들이 스쳐 지나간다. 그 조각난 불빛들이 깨지던 검은색의 강도 눈에서 멀어져 간다.

다리 위를 걷는 한 남자가 보인다. 자동차 불빛들 사이로 남자의 느린 걸음이 눈앞에 머무르다 스쳤다. 그리고 사라졌다. 서울은 빠르게 변화하는 도시였다. 눈을 감았다 뜨면 또 다른 모양의 빌딩들이 들어서 있다. 어제 지나온 길을 내일 다시 찾아가는 건 힘든 일이 되었다. 서울의 지도는 더욱 복잡해졌다. 도로 위의 차들은 빠른 속력을 내며 사라진다. 많은 사람들을 지나쳐 왔다. 오늘 하루에 스친 옷깃만 해도 수십 벌이 넘는다.

수많은 네온사인 불빛들이 거리를 밝힌다. 이 빛나는 도시의 한쪽엔 종이 냄새 나는 사람들이 우글거린다. 이곳은 막다른 골목이 되어 버린 지 오래다. 하지만 내겐 여전히 서울을 벗어날 수 있는 탈출구였다.

택시는 골목의 입구에서 멈춰 섰다. 골목길 끝에 있는 Bar로 갔다. 계단을 내려왔다. 닫혀있는 문 사이로 사람들의 소리가 들려온다. 하얀색의 화분 하나가 계단 끄트머리에 놓여 있다. 화분에 피어오른 나뭇잎이 옷깃에 스친다. 문을 열고 Bar로 들어선다. 그리고 눈은 곧바로 구석으로 향했다.

사람들 사이로 쓸쓸히 앉아있는 한 여자가 보인다. 오늘도 루나는 구석에 앉아 술 한 잔을 앞에 두고 있다. 바에 기대앉아 그 모습을 바라본다. 그때쯤이면 안토니가 다가왔다. 그리곤 안부를 물었다.

안토니의 미소를 따라 입꼬리를 올린다. 하지만 안토니가 주문을 받고 다시 내 앞을 떠날 때쯤이면 원래의 무표정했던 내 모습이 자리를 찾는다.

"키르, 한 잔 줘."

Bar에 오면 항상 키르를 마셨다. 처음부터 그런 건 아니었다. 어떤 남자가 키르를 주문했다. 나는 그날 바에 앉아 커피나 마시고 있었다. 잔을 내려놓곤 옆을 봤다. 키르를 주문한 남자는 바 끝자리로 가 앉았다. 멀리서 그의 모습을 훔쳐봤다.

남자는 키르를 한 잔 입술에 대었다 떼어냈다. 그는 외로워 보였다. 그가 내려놓은 와인 잔 끝에는 붉은색의 자국이 묻어 있었다. 키르를 마시던 남자의 입술은 쓸쓸함에 젖어있었다. 눈동자가 흔들렸다. 그 남자의 입술을 바라보다 마음이 움직였다. 그리고 다음에 왔을 때 키르를 주문했다.

색깔이 마음에 들었다. 잔 끝에서 달콤한 향이 풍겼다. 그 붉은색의 술잔을 입술에 대었다 떼어낸다. 그리곤 고개를 돌려 루나를 봤다.

하지만 다시 고개를 돌렸다. 루나는 나를 쳐다보지 않는다. 루나는 말없이 홀로 앉아있다. 먼 곳을 바라보며 술잔만 만지작거린다. 마지막으로 눈을 마주친 게 언제인지 기억이 나지 않는다. 언제나 곁눈질로 루나의 얼굴을 바라보지만, 자리에서 일어서 다가가지 못한 채 망설이기만 한다.

안토니가 가득이나 따라 준 키르 한 잔을 들고 자리를 옮겼다. 결국 이곳으로 왔다. 아무도 손을 대지 않은 듯 뚜껑이 닫힌 채로만 있던 피아노 옆에 초록색 소파 하나가 있다. 소파 옆에는 커다란 나무 상자 하나가 놓여 있었다. 그 오래되고 낡은 상자 속에는 동화책이며, 그림책이며, 여러 가지 종류의 책들이 처박히듯 쌓여 있다. 그곳에 앉아 상자 안에 든 책들을 꺼내 만져 보곤 했다.

이곳으로 오기까지 꼬박 하루가 걸렸다. 이 먼지 쌓인 책들을 만지기 위해 고스란히 하루를 지나왔다. 책을 읽기 위해 이곳에 앉는 건 아니다. 어두운 Bar에서 책을 읽는 건 시력을 지키는 데 도움이 되지 않는다. 그곳에서 난 사람들의 대화를 엿듣곤 했다.

흔들리는 와인 잔들 사이로 음악 소리가 들린다. 사람들 사이로 베이스 기타를 들고 있는 한 여자아이가 보인다. 무대라고 할 것도 없는 좁은 공간에서 베이스 기타를 연주하고 있다. 창백할 만큼 하얀 피부를 가진 아이였다. 가지같이 가녀린 팔이 그 무거운 소리를 지탱하고 있다. 그 아이가 들고 있는 베이스 기타는 조금씩 뜯겨 속이 보이기 시작했다.

그 기타는 아주 낡은 것이었다. 그 아이는 호주 아이였다. 단

발의 검은 머리카락이 가려 얼굴을 제대로 볼 수 없었다. 그 호주 아이의 눈을 보고 싶었지만 볼 수 없었다.

키르를 몇 모금 들이켰다. 흐릿해진 시선으로 사람들을 본다. 어디선가 나를 불러도 한 번에 돌아보지 못할 만큼 멍해져 있다.

누군가가 나를 부르는 목소리에 고개를 돌렸다. 짧은 치마를 입은 여자 두 명이 빨간 담요로 무릎 위를 덮으며 옆자리에 앉았다. 주인이 없던 두 잔의 와인 앞에 주인이 찾아왔다.

사람들에게 난 먼저 말을 걸지 않았다. 대인기피증이나 성격적인 문제가 있다고 하기에는 생각보다 난 멀쩡한 사람이다. 하지만 먼저 말을 걸어 오는 사람의 인사를 못 들은 척할 수는 없었다. 어색하게 입을 열며 그 여자들의 인사에 대답했다.

조금 더 가까이 앉아있는 여자는 자신의 이름이 제니퍼라며 옆에 있는 에밀리도 함께 소개했다. 에밀리는 제니퍼의 어깨 너머로 슬쩍 미소를 지어 보였다. 그 아이들은 프랑스 아이들이었다. 붉은 조명에 비친 갈색과 금발의 머리, 짙은 쌍꺼풀의 큰 눈과 높은 코에도 어색함을 느끼지 않는다. 그 좁고 작은 얼굴 안에 커다란 눈과 코가 모두 들어가 있는 게 더 이상 신기하게 느껴지지도 않는다.

여러 가지 색깔의 머리카락들이 서울의 거리를 채웠다. 언젠가부터 서울에는 많은 외국인들이 몰려들었다. 집에 와 한 번씩

외투를 털면 금발의 머리카락이 떨어져 나올 때도 있었다. 나도 모르는 일이었다. 어젯밤 금발의 여자를 만났던 기억은 없다.

이름없는 색깔의 사람들이 엉켜 있다. 더 이상 서로 다른 눈의 색깔을 마주치며 이야기해도 어색해하거나 당황하지 않는다. 나는 프랑스어를 능숙하게 하진 못했다. 7년 전에 조금 배워 둔 적이 있었다. 하지만 지금은 잘 기억도 나지 않는다. 내 프랑스어는 쓸 만한 정도의 실력이 아니었다. 그렇지만 그들도 대부분 어느 정도의 한국말은 할 줄 알았다.

"한국 사람이야?"

나는 한국 사람이었다. 그렇지만 프랑스어를 하고 싶었다.

"프랑스어 할 줄 알아?"

하지만 자신이 없었다. 나는 프랑스어도 한국어도 능숙하지 못했다. 내가 하는 대답이라곤 질문으로 다시 연결되기 힘든 짧은 말들이 전부였다. 하지만 제니퍼는 그런 내게 싫증을 내지 않았다. 에밀리는 여전히 와인만 마시고 있다. 에밀리는 몇 번 본 적이 있었다. 제니퍼는 처음 봤지만, 에밀리는 얼굴을 알고 있었다.

이 Bar에 계속 오게 된 건 처음 온 날 사진을 찍었기 때문이었다. Bar의 사진을 찍는 등 뒤로 누군가가 말을 걸어왔다. 안토니였다. 안토니는 궁금해했다. 그런 오래된 카메라로 사진을 찍는 내 모습을 보며 의아한 표정을 지어 보였다. 아직도 필름카메라가 있냐며 안토니는 궁금해했다. 그리곤 이젠 필름을 현상해주는 곳을 본 적이 없는 것 같다며 뺨 위에 난 수염을 긁적거렸다.

안토니의 머리는 곱슬이었다. 그 구부러진 짧은 머리카락은 내 머리카락의 모양과도 비슷했다. 하지만 나와는 달랐다. 안토니는 어둡지 않았다. 언젠가는 베트남 여자가 그려진 그림의 티셔츠를 입고 있던 안토니의 모습을 봤다. 그 그림 속 여자는 베트남의 전통 모자와 드레스를 입고 있었다. 티셔츠 속 여자가 서 있는 곳은 어느 넓은 들판 같아 보였다. 따가울 만큼 쨍쨍한 햇빛이 비치는 곳이었다. 날씨도 무척 더워 보였다. 그런데도 여자는 미소를 짓고 있었다. 안토니는 꼭 그 그림 속 베트남 여자 같았다. 늘 웃는 얼굴로 인사하고 이야기했다. 그 정도 일에 인상을 구기지는 않았다. 안토니의 얼굴을 보고 있으면 나도 모르게 웃고 있는 내 모습을 본다. 그래서 다시 Bar를 찾게 됐을 때 로렌을 봤다.

로렌은 안토니와 어렸을 적부터 친하게 지내며 자란 친구였다. 로렌은 입이 거칠다는 게 특징이라면 특징이었다. 욕을 잘했다. 반쯤 감겨있는 듯한 눈꺼풀 속에는 말 한마디에 울고 웃을 듯한 여린 눈빛이 반짝거리고 있었다. 지적인 분위기의 갈색머리는 새침한 단어들만 골라서 할 것 같은 도도함마저 풍겼다. 하지만 로렌이 말을 하며 걸어 다니는 걸 본 순간, 그때 난 로렌이 그런 것과는 거리가 먼 아이일 거라고 생각했다.

로렌은 주문을 받고 테이블을 정리할 때도 꼭 한 번씩 비속어를 섞어가며 말했다. 일을 하며 지치지 않기 위해 주문을 외우는 듯한 자신만의 방식이었는데, 사람들은 그런 로렌의 말들에 웃어대곤 했다. 로렌은 에밀리의 언니였다. 그러고 보니 로렌이 에밀리와 닮아 보이긴 한다.

조금 더 날카로워 보이고 차가워 보이는 얼굴의 에밀리였지만, 하지만 에밀리는 로렌처럼 무뚝뚝하진 않았다. 로렌은 남자 같은 구석이 있었다. 그렇지만 에밀리는 여성스러운 쪽에 가까웠다. 왜냐면 에밀리는 욕을 하지 않았기 때문이었다.

제니퍼가 대뜸 물었다. 무슨 일을 하냐는 제니퍼의 질문에 나는 머뭇거렸다. 특별한 직업이 없었다. 친구들이 나를 걱정하는 것도 그런 이유에서였다. 하지만 일을 하고 있다. 내겐 일거리가 있었다. 사진을 찍기 위해 서울을 돌아다니고 그렇게 온종일 걸어 다녀 힘이 빠져 있을 때도 두 눈은 항상 긴장감을 늦추지 않았다. 벤치에 앉아 있다 창가를 날아가는 비둘기라도 발견하면, 얼른 가방에서 카메라를 꺼내 셔터를 누르곤 했다. 집으로 돌아오면 오늘 찍은 사진들을 다시 보는 일에도 소홀하지 않았다.

그 사진들을 들여다보다 미처 보지 못했던 것들을 발견하고는.

하지만 그런 이야기들을 모두 해줄 수는 없었다. 어쨌든 난 실업자로 등록된 사람이다. 국가에서 주는 지원금으로 생활하는.

나는 제니퍼에게 사진 찍는 일을 한다고 이야기했다.

"누드 사진 찍는 것도 좋아해?"

한참을 와인만 마시던 에밀리는 불쑥 고개를 내밀어 질문했다.

"기회가 된다면."

에밀리의 갑작스러운 질문에 나도 모르게 대답을 해버렸다. 기회가 된다면 그러고 싶었다. 제니퍼와 에밀리는 웃어댔다. 벗은 몸이든 옷을 입은 몸이든 사람의 모습이 담긴 사진을 찍고 싶다. 제니퍼와 에밀리가 웃는 모습이 눈에 담겼다. 그 모습을 사진으로 찍어두고 싶다. 하지만 오늘은 카메라를 들고 오지 않았다.

"오늘은 특별한 파티를 하는 날이야."

제니퍼가 말했다.

"오늘이 Bar가 생긴 지 일 년이 되는 날이거든."

그러자 에밀리가 슬쩍 미소를 지어 보였다. 오늘은 Bar의 생일이었다. Bar의 생일을 기념하기 위해 파티를 하는 날이었다.

제니퍼와 에밀리는 나를 파티에 초대했다. 안토니는 이제 나가지도 들어오지도 못한다며 문을 걸어 잠갔다. 그리곤 담배를 꺼내 물었다. Bar에 있던 사람들도 하나씩을 담배 한 개씩을 입에 물고 불을 붙였다. 옷에 베일 담배 냄새가 걱정되진 않았다. 그런 적이 오래였다. 다음 날 아침 담배 연기에 절어 있을 옷 냄새가 그립기도 했다.

여기저기서 피어오른 담배 연기가 Bar를 가득 채운다. 넘쳐흐르는 술이 쾌쾌한 지하의 냄새를 뒤덮는다. 접시에는 풍성한 음식들이 담겨 나온다. 호주 아이의 베이스 연주가 끝나고 몇 명의 아이들이 다시 무대를 채웠다. 기타를 치고 카혼을 두드리며 노래를 부른다. 유리스믹스의 '스윗 드림스'다.

종이 냄새 나는 사람들의 입가에는 오래되고 낡은 것들의 추억만이 머문다. 셔츠를 날리며 저렇게나 흥겨워하고 있는 나이 많은 아줌마는 로렌과 에밀리의 엄마였다. 나중에 알고 보니 그랬다. 조금 전 주방 일을 하러 가야 한다며 수다를 떨다 자리를 떠났는데 노래를 부르는 아이들 앞으로 가 춤을 추고 있다.

Bar의 밤은 깊어져 갔다. 우리에겐 내일이 먼 것 같았다. 내가 마신 키르 잔은 테이블 위의 수많은 잔들 속에 섞여 구분되지 않았다. 술에 취해 몸이 마음대로 움직여지지 않는 지경이 되어 갔다. Bar의 풍경을 바라봤다. 흔들리는 시선 속에 사람들이 보인다. 사람들은 모두 술에 취해 비틀거리고 있었다. 그리고 조금씩 희미해져 갔다. 귓속으로 들려오던 소리도 조금씩 멀어지기 시작했다. 몇 잔의 키르를 비웠는지 모르겠다. 그렇게 키르를 여러 잔 마신 건 그때가 처음이었다.

기억이 나지 않는다. 어젯밤의 꿈이 떠오르지 않는다. 팔뚝에 꽂힌 커다란 바늘과 바늘을 통해 들어 오던 차가운 액체의 느낌이 생각나지 않는다. 마스크를 쓴 채 입을 가린, 날 둘러싼 사람들의 눈빛이 떠오르지가 않는다.

그들의 손에 쥐어져 있던 것이 무엇이었는지 생각나지 않는다. 문이 닫히는 소리가 났다. 하지만 지워졌다. 문이 닫힌 후의 정적은 소리 없이 사라져 버렸다. 하얀 시트의 침대 위로 뉘어진 채 정신을 잃고 말았다.

가슴 위엔 꿰맨 자국이 남아 있었다. 하얗게 칠해진 벽에 갇혀 그 자국들을 더듬었다. 방 안은 컴컴했다. 그리고 어디선가 요란한 사이렌 소리가 울려오기 시작했다. 귀를 틀어막았다. 그리고 누군가가 나를 품에 안았다.

나는 그 가슴에 안겼다. 난 두려움에 떨었다. 그러다 다시 잠이 들어버렸다. 하지만 잠에서 깬 눈을 떴을 땐 나를 안고 있던 가슴은 사라져 버리고 없었다.

그 기억은 지워졌던 건지도 몰랐다. 눈앞에는 사람들이 스쳐 지나고 있었다. 그 풍경 앞에 멈춰 서 사람들을 바라보고 있었다. 따가운 햇살이 비쳤다. 그 컴컴하고 어두웠던 곳을 벗어나 다시 숨을 쉬기 시작했을 때, 하지만 난 그 풍경 속에 갇힌 채 걸음을 떼지 못하고 그곳을 서성이고 있었다.

약이 다 떨어졌다. 코가 마르고 목이 탄다. 정신없이 거리로 나와 게이시의 약국으로 향했다.

심장이 발걸음보다 빠르게 뛰어 숨이 차오르고 팔이 잘린 채 걷는 것 같아 몸이 마음대로 움직여지지 않는다. 잠에서 깨 약을 찾다 거리로 나온 난, 호흡기를 떼고 병실에서 탈출한 환자와 같이, 깁스를 풀어헤치고 달려 나온 환자의 모습처럼 헐떡거리고 절뚝거리며 다리 위를 걷고 있다.

반포대교를 한참이나 건너는 동안 눈앞의 불빛들이 조각나고 깨졌다. 골목길이 여러 갈래로 흩어지고 옮겨지길 반복하고, 더 이상 걷지 못할 듯 다리가 부서져 갈 때 저 멀리 약국의 간판에 선명한 불이 들어온다.

약국의 문을 열었다. 하얀색의 조명등 불빛이 약국 안에 번진다. 구겨지고 비틀어진 몸의 사람들이 소파 위에 나란히 앉았다. 옆에 앉은 사람에게서 젠티안 냄새가 난다. 짙은 화장을 한 남자가 붉은 입술을 내밀며 고개를 돌려 나를 쳐다본다. 헝클어진 검은색의 긴 머리카락 사이로 새하얗게 칠해진 그의 얼굴을 본다. 그는 소매가 없는 하얀색의 짧은 원피스를 입고 있다. 그 괴상한 옷차림의 남자는 몸을 구부린 채로 팔짱을 끼고 앉아 고개를 돌려 나를 쳐다본다.

눈을 피했다. 약국은 온통 하얀색으로 칠해져 있었다. 새하얀 소파 끄트머리에 자리가 하나 비어있다. 그곳에 앉아 약을 기다린다.

옆자리에는 여자 같은 남자가 앉아있다. 그에게서 젠티안 냄새가 난다. 그 옆에는 진짜 여자가 앉아있다. 양 갈래로 머리를 꼬아 묶은 채 보스턴 테리어 한 마리를 품에 안고 있는, 충격을 받았는지 눈을 뜬 채로 껌뻑거리지도 않는 노란색 머리의 남자는 그 여자의 어깨에 얼굴을 기댄 채 겨우 숨소리만 내고 있다.

약을 기다리는 사람들이다. 이곳에선 번호표를 뽑고 순서를 기다리는 고전적인 방식은 쓰지 않는다. 몸 일부를 갖다 대고 기계가 사람의 신분을 확인해 빠른 일 처리를 돕는 첨단의 방식도 사용하지 않았다. 어차피 멀쩡한 사람도 드물다. 이곳에선 굳이 그런 값비싼 장비가 필요하지도 않았다.

마돈나는 바쁜 손으로 봉투 속에 약을 채워 넣고 있다. 게이시가 마돈나에게서 봉투 하나를 받아 든다. 마돈나의 분주한 시선은 그 길고 가는 눈 끄트머리에 있던 나를 발견했다. 마돈나는 고개를 더욱 꺾어 내가 있는 쪽으로 시선을 옮겼다. 그리곤 웃었다. 슬며시 미소만 짓곤 인사를 대신하는 마돈나였다.

마돈나와 게이시는 하얀 가운을 입고 있다. 마돈나의 올려 묶은 붉은색 머리는 그녀가 입고 있는 가운을 더욱 매혹적으로 보이게 한다. 게이시는 나를 반겨주는 것 같으면서도 적절하게 말을 끊어가며 거리를 둔다. 흐트러진 은발의 머리를 옆으로 쓸어 넘기며 그는 말한다.

"하루 10g씩만이에요."

그리고 아주 가끔만 눈을 마주치며 이야기했다. 난 그런 그의 스타일을 정확하게 이해하는 몇 안 되는 손님 중 하나였다.

"과다 복용하면, 위험할 수도 있어요."

게이시는 덧붙였다. 나는 고개만 끄덕였다. 꾸물대거나 귀찮은 질문 따위를 하며 그를 피곤하게 하지 않았다. 늘 그렇게 약봉투만 받아 챙겨 약국을 빠져나왔다.

구겨진 몸과 비틀어진 다리도 어느새 정상으로 돌아와 있다. 약국을 나서는 발걸음이 가벼워져 있다. 흩어져 있던 골목들도 제자리를 찾았다. 약국을 나와 걸으며 마돈나가 건넨 인사를 다시 한 번 떠올려본다. 마돈나의 미소는 매혹적이다. 게이시는 언제나 똑같은 설명만 한다. 하지만 그리 퉁명스럽지는 않았다.

약국을 나선 나는 이미 안정을 되찾아 있었다. 마돈나의 미소는 늘 나를 설레게 했다. 게이시가 입은 하얀 가운은 언제나 든

든하게만 느껴진다. 나는 한 번에 많은 양의 약을 타가는 다른 손님들과는 달랐다. 6일에 한 번이었다. 내가 약국을 찾는 횟수다. 10g의 약이면 하루를 버틸 수 있다. 나는 미량 정신안정제만으로도 살아갈 수 있다. 여자 같은 남자보다, 그리고 기괴한 옷차림과 화장을 한 소파에 앉은 사람들보다 정상적인 삶을 살고있다. 적어도 그들보다는 정상적이었다. 나는 게이시를 귀찮게하지 않았다. 마돈나는 그런 나를 보며 늘 웃는 얼굴로 인사한다. 게이시의 약국은 나의 단골 가게였다. 마돈나와 게이시는 그래도 나에게 가장 친절했다.

Metro

　메트로 열차에 올랐다. 늦은 밤 열차 안의 사람들은 힘이 없다. 열차가 움직이는 대로 이리저리 흔들리다 창가에 기댄 표정은 온 세상을 떠돌다 불시착한 쓸쓸한 외로움 같다.

　창문 밖으로 스쳐가는 검은색의 벽들을 바라본다. 어릴 때부터 난 세계를 여행하는 꿈을 꾸곤 했다. 세계지도 책을 보는 것도 좋아했다. 기억하기로는 지도가 그려진 아래편에 세계 각국의 국기들이 나열되어 있었는데, 그 국기들을 보는 일에 빠져 있곤 했다. 많은 그림의 나라들을 알고 있었다. 모르는 국기가 없을 정도였다. 하지만 적록색맹이라 이탈리아 국기는 구분하지 못했다.

　메트로 열차 안에는 세계 각국의 사람들이 뒤섞여 있다. 출퇴근 시간이 되면 발을 디딜 틈도 없이 열차 안은 혼잡해져 있었다. 서로 다른 피부의 색깔을 가진 사람들이 뒤엉켜 있다. 이젠 한국인의 냄새와 외국인의 냄새도 구분 짓기 힘들어졌다. 옆에 앉은 여자에게서 낯선 분위기가 느껴진다. 갈색 머리의 여자다. 그 모습을 보니 문득 궁금증이 생긴다. 이 여자는 과연 어느 나라에서 온 사람일까?

곁눈으로 그 여자의 모습을 이리저리 살펴본다. 눈은 어떻게 생겼는지, 또 코는 어떤 모양으로 생겼는지, 그 여자의 얼굴 생김새를 보며 국적을 추측해본다. 어느 정도 확신이 생길 때는 말하는 걸 엿듣는다.

어느 날은 백인 소녀 세 명이 옆자리에 앉아있었다. 금발 머리를 한 백인 소녀들이었다. 들고 있는 소지품들이 크지는 않았다. 하지만 시내에 놀러 갔다 집에 가는 느낌 같지는 않다.

옆에 서 있던 같은 무리의 친구들도 마찬가지의 분위기다. 하나같이 피부가 하얗다. 그리고 모두 샛노란 금발 머리를 하고 있다. 하지만 아이들은 메트로 노선을 한 번 보지도 않았다. 그 아이들은 서울의 메트로가 익숙한 것처럼 보였다.

확신이 서지 않는다. 그렇지만 한국 사람 같지는 않다. 그 아이들의 얼굴에선 어떠한 한국적인 분위기도 느껴지지 않는다. 이민자들의 딸일 가능성도 있다. 어쨌든 혼혈은 아닌 것 같다.

'근데 애들 왜 말을 안 하지?'

여자 세 명이 모인 어딘가 요란한 분위기는 느껴졌지만, 소리는 들리지 않았다. 이상해서 슬쩍 시선을 한 번 두니 손만 요란하게 왔다 갔다 하고 있다. 수화를 하고 있다. 내리는 역이 같아서 꽤 오랫동안 열차를 같이 타고 왔지만 오는 동안에 그 소녀들의 손이 멈춘 적은 단 몇 순간에 불과했다. 한 번은 옆에 앉은 세 명 중 한 명이 서서 가던 친구들 쪽을 가리키곤 옆을 힐끔거리며 두 주먹을 부딪치는 수화를 했다. 그건 아마도 쟤 둘이 싸운 거 아니냐는 소녀 세 명의 흔한 뒷담화인 것 같았다.

메트로에서 내려 그 백인 소녀들에 대한 생각으로 걸음이 느려진 사이 개표구를 나온 사람들이 썰물처럼 빠져나갔다. 흩어지는 사람들의 모습을 보며 어느 순간 발걸음을 멈췄을 땐, 그땐 그 소녀들이 내 앞을 스쳐 지나가 멀리 사라져 버린 뒤였다.

국적 맞추기는 가끔 그렇게 생각이 다른 길로 빠져 목적을 잃어버리곤 했다. 국적을 맞춰도 그 과정을 돌아보고 있으면 모순 덩어리가 많이 끼어 있었던 걸 느끼곤 했다.

세계지도 밑에 그려진 국기들을 본다. 그 조그만 네모 안에 든 그림들을 보며 상상에 빠지곤 한다. 그리고 마지막엔 항상 우리나라 국기를 봤다. 그렇게 돌아오곤 했다. 온 세계를 여행하던 상상이 멈추는 곳은 내가 내려야 할 역이었다.

방어체계 구축 프로그램이 없다는 걸 잊고 살 만큼 내 삶은 무감각해져 있었다. 그런 내 몸의 옆구리를 바늘처럼 쿡쿡 찌르곤 하던 네아는 잔소리가 많은 아이였다. 네아의 잔소리가 별로 듣고 싶진 않았다. 하지만 네아의 도움이 필요했다. 그 높은 톤의 목소리를 들을 각오를 하고 네아에게 부탁했다. 네아가 집으로 찾아와 고장 난 컴퓨터를 고쳐 주기로 한 날이다.

네아가 오기 전에 쓰레기 분리수거를 하러 뒷마당으로 나갔다. 내 작은 집엔 테라스도 없고 넓은 앞마당도 없지만, 공동 쓰레기 분리수거장이 있는 뒷마당은 한낮의 여유를 즐길 만한 낭만이 있는 곳이었다. 벽이라고 할 것도 없는 낮은 울타리가 옆 건물과의 경계를 이루고 있었는데, 그 건물 1층에는 어린이집이 있었다.

뒷마당은 어린이집 놀이터와 울타리 하나를 두고 붙어 있었다. 5월의 봄이었다. 쓰레기 냄새가 뒤섞인 봄 냄새를 느낀다. 그곳에 있다 보면 가끔 아이들을 마주칠 때가 있다. 그날 놀이터엔 아이들이 있었다. 놀이터 한가운데에 자라있는 나무를 둘러싼 채 모여 노는 꼬마들을 본다. 그러다 한 남자아이와 눈이 마주쳤다. 그리고 그 아이는 대뜸 내가 있는 쪽으로 걸어오기 시작했다.

울타리에 기대선 채 틈 사이로 손을 집어넣고는 몸을 배배 꼰다. 조그만 입을 쫑알거리며 무슨 말을 하기 시작하는 아이였다. 그 아이가 하는 말은 내가 알아들을 수 있는 말이 아니었다. 다른 아이들도 하나둘 내 주변으로 모여들기 시작했다. 울타리에 엉겨 붙은 꼬마들이 여기저기서 각자 다른 질문들을 내게 건넨다. 서너 살 정도가 되어 보이는 아이들이었다. 아이들의 쏟아지는 질문에도 난 억지 미소만 지으며 우두커니 서 있기만 했다.

그 아이들이 하는 말은 성인인 내가 알아들을 수 있을 만한 수준의 언어가 아니었다. 난 여전히 대답도 하지 못한 채 멀뚱히 서 있기만 했다. 그때 저 멀리서 누군가가 아이들을 부르는 모습이 보인다. 어린이집 선생님이었다. 선생님은 아이들을 불러 모았다. 아저씨 귀찮게 하지 말고 이리 오라며 아이들을 향해 손짓했다. 다행이었다. 아이들은 선생님이 있는 곳으로 갔다. 하지만 자꾸 뒤돌아보며 내게서 시선을 떼지 않는다.

네아가 도착할 시간이 되었다. 난 등을 돌린 채 집으로 올라와 버렸다. 엘리베이터가 작동이 안 돼 계단으로 걸어 내려왔는데 다시 엘리베이터의 버튼을 누르고 있다. 엘리베이터는 걸핏하면 고장이 나 있었다. 관리인에게 부탁해 엘리베이터가 고장 났으니 고쳐 달라고 말을 하면 되지만 관리인이 어디에 있는지를 알 수 없었다. 어쩔 수 없이 걸어 올라가야 했다. 그렇게 7층 계단을 걸어 오르는 게 이젠 적응이 됐다.

집으로 들어와 책상 앞 의자에 앉았다. 그러자 곧 문밖에선 계단이 쿵쿵 울리는 소리가 들렸다. 그리고 문을 두드리는 소리가 들렸다. 얼른 쫓아가 문을 열었다.

네아였다. 네아의 얼굴엔 땀이 맺혀 있었다. 그리고 가쁜 숨을 내쉬며 나를 노려보고 있었다. 시선을 피했다. 네아는 손에 쥐고 있던 콜라병을 내게 건네곤 집 안으로 터벅터벅 걸어 들어왔다. 빈손으로 오는 일이 없는 네아였다. 우리 집에 들를 때면 꼭 1.5 리터 콜라 한 병씩을 사오곤 하는 아이였다.

네아는 내가 무슨 부탁을 해도 거절하지 않았다. 내가 네아였어도 그랬을까? 내가 네아였어도 고장 난 컴퓨터를 고쳐 주러 오는 친구의 집에 콜라 한 병 사갈 줄 아는 아이였을까?

따뜻해진 눈으로 네아의 얼굴을 봤다. 하지만 네아는 여전히 인상을 찌푸린 채 나를 노려보고 있다. 그리곤 손가락으로 티셔츠 목을 집어 펄럭이며 관리인을 찾으라고 잔소리를 해대기 시작한다. 건물주인의 메일 주소를 알고 있지 않냐며, 그렇다면 메일을 보내 건물 주인에게 관리인을 찾아 달라고 요구하면 되지 않냐는 그 나름대로 결론을 내린다.

"안 그래?"

난 여전히 네아의 눈을 마주치지 못한다. 그 사이 책상 앞으로 가 컴퓨터를 켜고 앉는 네아였다. 짧은 머리를 질끈 동여맨

체 그리곤 곧 진지한 자세로 모니터를 들여다본다.

네아와 나는 방어체계 구축 프로그램이 있지 않았다. 하지만 네아는 바이러스를 치료해내는 기술이 있었다. 네아는 무언가를 치우고 정리하는 일에 취미가 있었다. 하지만 난 아니었다.

방어체계 구축 프로그램은 더 이상 선택이 아닌 의무가 된 사회에 살고 있다. 더 이상은 컴퓨터 앞에 앉아서 불안해하는 일은 없어도 됐다. 내 컴퓨터에 저장된 정보들을 누군가가 빼앗아갈 거라는, 그런 망상 같은 망상은 하지 않아도 됐다. 그렇지만 우린 아니었다.

우린 컴퓨터를 보호할 만한 시스템을 갖추고 있지 못했다. 그런 우리의 모습이 처량하게만 느껴졌다. 시간이 지나고 난 뒤엔, 그런 내 모습이 안타깝게만 여겨졌다. 이젠 그조차도 받아들여버렸다. 하지만 네아는 아직 받아들이지 못했다.

네아는 나와는 다른 아이였다. 여전히 청바지를 즐겨 입는 아이였다. 그리고 오늘도 흰색 티셔츠를 입고 왔다.

우린 입고 다니는 옷도 늘 색깔이 달랐다. 네아의 머리색깔은 어떨 땐 검은색 같기도 했고 또 어떨 땐 갈색 같기도 했다. 난 여전히 네아의 머리색깔을 구분 짓지 못했다.

난 무슨 일을 하기 전에 꼭 담배를 한 대 피는 습관이 있었다. 잡다한 생각들을 정리할 시간을 갖는다는, 핑계라면 핑계 같은 것이었다. 하지만 네아는 생각하고 있는 것들은 곧바로 행동으로 옮겨야 직성이 풀리는 아이였다. 네아는 이미 심각해질 대로 심각해진 표정으로 모니터를 주시하고 있었다. 그리고 손가락을 이리저리 움직이고 있다. 그런 네아의 모습에 멀찌감치 떨어져서 바라봤다. 네아의 붉은 입술은 날 유혹하기는커녕 그 입에서 나올 말들에 대한 걱정에 시선을 두는 것조차 어렵다. 눈 주위를 짙게 칠한 그 특유의 화장법은 가끔 나를 한 발짝 뒤로 물러서게 한다.

그런 날 어이없다는 듯 쳐다본다. 컴퓨터를 체크한 지 얼마 되지도 않아 네아는 날 심각한 눈빛으로 쳐다보며 놀란 입을 다물지 못했다. 360개가 넘는 바이러스들의 존재를 확인하고는 네아는 할 말을 잃은 듯했다. 나는 궁금했다.

"왜 그래?"

하지만 난 정말 궁금했다.

'이 답답한 녀석아, 데이터는 뭐 한다고 이렇게나 정리하지 않고 쌓아 뒀니?'

네아는 내 얼굴을 뚫어져라 쳐다봤다. 그리곤 입고 있던 티셔츠를 어깨 위로 말아 올렸다. 접어 올렸던 한쪽 다리도 내리고 바른 자세로 고쳐 앉는다. 그리고는 데이터 정리부터 하자고 했다.

데이터들을 하나씩 모니터에 띄우며 필요한 건지 불필요한 건지 선택하라고 한다. 처음에는 몰랐다. 이 일을 오늘 내에 다 끝낼 수 있을지에 대한 막막함이 우리 앞에 다가올 거라곤.

여전히 한숨 가득한 표정의 네아였다. 난 그 옆에 붙어 앉아 모니터만 들여다본다. 모니터를 들여다보는 내 표정엔 웃음이 나기도 하고 갑자기 시무룩해지기도 하고, 또 갑자기 어두워지기도 한다. 어떤 건 그때를 잊지 못해 한참을 보고 있고 또 어떤 건 다시 떠올리고 싶지 않아 곧바로 지워 버리기도 한다. 그리고 또 어떤 건

'이건 뭐지?'

모든 걸 기억하기엔 나도 모르는 기억들이 너무 많았다.

네아는 자리에서 일어나 창가 밑에 놔두었던 가방에서 담배를 꺼내 왔다. 난 의자를 당겨 앉아 모니터를 들여다봤다. 그건 뉴스 기사였다. 저장돼 있던 뉴스 기사 영상을 다시 돌려봤다. 하지만 무슨 기사인지는 알 수 없었다.

1분이 조금 넘어가는 길이의 영상이었다. 영상 속에는 서양인 아이들의 모습이 비치고 있었다. 대학생쯤 돼 보였다. 영상 속에 나오는 건물은 서울이 아니었다. 아마도 유럽인 것 같았다. 아이들의 머리스타일을 보니 최근에 본 영상은 아니었던 것 같다. 기사 전송시간이 2014년 7월 15일 16시 09분이다. 7년 전의 일이었다.

네아는 다시 컴퓨터 앞에 앉았다. 그리곤 입에 문 담배에 불을 붙였다.

"퉤."

하지만 다시 입에서 떼며 인상을 일그러뜨렸다. 난 여전히 그 뉴스 기사에 집중했다. 그런 네아를 신경 쓸 겨를이 없었다.

영상과 함께 저장된 신문기사도 하나 발견했다. 그리고 난 그 신문기사를 읽어 내려가기 시작했다. 기사 위에 촘촘하게 붙어 있던 글자들을 따라 읽어 내려갔다. 그러다 멈췄다. 마우스 위에 손을 올려놓은 채 손가락을 움직이지 못했다.

무언가 단단한 게 손가락 끝에 걸린 듯한 느낌이었다. 차가운 흙 속으로 손을 넣다 멈춰버린 듯한 기분이었다.

기억을 되돌렸다. 다시 몸을 구부려 더욱 깊이 파고들어 갔다. 네아는 궁금해했다. 모니터에 비친 네아의 얼굴은 그런 표정을 짓고 있는 듯했다. 하지만 난 대답할 수 없었다.

난 여전히 그 일이 선명하게 떠오르지 않았다. 그때의 내 모습이 생각나지 않는다. 그때의 날씨가 어땠는지 그때 난 어떤 얼굴을 하고 있었는지,

그 기사는 사라진 파리 북한 유학생에 대한 기사였다. 2014년 여름 잠시나마 사람들의 눈을 돌리게 한 사건이었지만 시간이 지나며 금세 잊혀 버린 일이 되었다.

"필요 없으면 지울게"

필요 없는 것은 버려야 한다는 게 네아의 생각이었다. 그건 네아의 철학 같은 철칙이었다. 난 모니터를 보고 있다 희미하게 대답했다.

"응"

하지만 지워지지 않았다. 지운다고 해서 버려지는 건 아니었다. 나는 그런 습관 같은 철학에 물들어 있었다.

오랫동안 방치해 둔 데이터들이 조금씩 사라져 갔다. 네아의 분주한 손이 컴퓨터의 이곳저곳을 치료한다. 그리고 아직도 남아 있는 데이터들이 있는지 꼼꼼히 확인했다. 시간은 어느덧 저녁이 되어갔고 곧 밤을 맞았다. 네아는 단순한 아이였다. 잠이 오면 잠을 잤다. 소파 위에서 잠이 든 네아를 보면서 오늘 있었던 일을 떠올려 봤다. 오늘 있었던 일이라면 컴퓨터 앞에 앉아 있었던 기억밖에는 없다. 네아가 담배를 거꾸로 물고 불을 붙였던 것 빼고는.

생각에 빠졌다. 담배를 피던 네아의 얼굴을 다시 한 번 그려 봤다. 그리고 그때의 기억을 떠올렸다.

고개를 올려 하늘을 봤다. 여러 가지 추측들이 난무했지만, 그 북한 유학생의 행방에 대한 진실은 어디에도 없었다. 그 더웠던 여름날의 얼굴이 떠오른다.

담배에 불을 붙였다. 방 안 가득 담배 연기가 피어올랐다. 다시 네아를 봤다. 네아는 가는 소리로 코를 골기 시작했다. 소파에 누워 깊은 잠에 빠진 네아의 얼굴을 보며 그때의 기억을 회상했다.

북한 대사관은 몇 일째 굳게 문이 잠겼고 한국과 프랑스를 비롯한 여러 나라에서는 사라진 파리 북한 유학생에 대한 기사들이 쏟아져 나오기 시작했다. 그 기사들에서 비롯된 소문과 추측들이 많은 사람의 눈을 멈춰 세웠지만, 하지만 그 유학생의 행방에 대한 진실은 어떤 사람들의 귀속으로도 전달되지 않았다.

북한 유학생이 사라졌다는 기사가 보도된 다음 날, 한 뉴스 카메라는 사라진 북한 유학생이 다니던 학교의 모습을 비췄다. 학교에 있던 어린 학생들이 카메라를 발견했다. 영문을 몰라 하던 아이들의 표정은 조금씩 들뜬 표정으로 바뀌기 시작했다. 카메라가 자신들을 찍고 있다는 걸 확인한 남자 학생 몇 명이 카메라를 보며 키득거렸다. 그러자 카메라는 다시 다른 학생들을 향해 포커스를 맞췄다.

기자는 여학생 두 명을 붙잡고 인터뷰를 하기 시작했다. 흔들리는 눈과 굳은 목소리로 질문을 기다리는 학생들이다. 그리곤 서로의 팔을 슬며시 붙잡은 채 들뜬 마음을 가라앉히려 한다.

학교를 잘 다니던 친구였고 밥도 함께 먹고 카페에도 같이 가곤 했을 만큼 친하게 지냈는데, 그러다 어느 날 갑자기 사라져 버렸다는 말을 조금은 수다스럽게도 해대는 그 여학생들의 모습에 피식 웃음이 났다. 그리고 그의 얼굴을 상상했다. 그 여학생들의 인터뷰를 듣다 난 문득 그의 얼굴을 떠올렸다. 평소 관념처럼 생각됐던 얼굴에 와인 잔과 프랑스어를 덧대니 조금은 다른 이미지가 되었다.

여학생들의 인터뷰가 끝나고 그 뉴스 카메라는 학교의 모습 여기저기를 비추고는 특별할 만한 정보 전달 없이 끝이 났다. 그 기사가 남긴 것은 학교의 건물 구조 일부와 카메라를 쳐다보는 학생들의 순진한 표정, 그리고 사라진 북한 유학생은 학교에 잘 나왔고 다른 친구들과도 잘 어울렸던 평범한 학생이었다는 정보가 전부였다.

그 뒤로도 북한 유학생의 행방은 불명했고, 그리고 시간이 더 흐른 뒤에는 이젠 그 일을 궁금해하는 사람들조차 존재하지 않았다. 하지만 내 머릿속의 상상은 사라진 북한 유학생의 뒷모습을 떠올렸다.

문득 그 더웠던 여름날의 일이 떠올랐다. 열매가 없는 한 그루의 나무를 올려다본다. 무성한 가지 위의 풀잎들에 가려 하늘은 보이지 않았다.

그때의 날씨가 궁금했다. 그 오래된 영상 속의 장면들을 보며 그때를 떠올린다.

지워진 발자국 앞에 서서 그의 모습을 그려본다. 뉴스 기사가 전송된 7월 15일, 2014년의 여름, 그는 어디로 갔을까.

짧은 잠을 자고 일어났다. 내가 잠이 든 사이 네아는 혼자서 컴퓨터에 숨어 있는 바이러스들을 찾아내 지워내고 있었다.

"일어났어?"

부스스한 눈으로 네아를 불렀다. 돌아보는 네아의 얼굴은 그 빨간 입술과 짙은 눈가도 조금씩 번져 희미해져 있다.

"이제 얼마 안 남았는데, 다 끝내고 가야지"

그건 네아의 성격이었다.

"근데 제발."

그리고 잠깐 숨을 멈췄다. 네아는 인상을 쓴 채 목에 힘을 줘 말했다. 하지만 다시 멈춰 세웠다.

"… 정리 좀 해"

네아는 스스로를 누그러뜨렸다. 네아는 그렇게 스스로를 막아 세웠다. 그런 내가 한심하게 느껴진다. 네아는 나를 걱정해 주느라 힘이 빠져 있는데.

네아를 본다. 어깨 위로 접어 올렸던 티셔츠도 조금씩 흐트러져 다시 원래의 자리로 돌아와 있다. 네아는 거울을 보며 화장을 정리했다. 그러더니 흐트러진 소매를 굳이 다시 접어 올린다.

나는 냉장고에 넣어 뒀던 콜라를 꺼내 왔다. 그리고 어제 사다 놓고 먹지 않은 아몬드 크루아상을 반으로 나눠 건넸다.

"이 안에 든 건 뭐지?"

네아는 떨떠름한 표정으로 아몬드 크루아상을 입에 댔다. 하지만 맛을 보고는 흠칫 놀란 듯했다.

"아몬드 크림 반죽, 맛있어?"

"…"

네아는 아몬드 크루아상을 처음 먹는다고 했다. 단 음식을 좋아하지 않는 아이였다. 그런데도 대답이 없는 걸 보면 나쁜 맛은 아니었던 것 같다.

네아의 부모님은 미국 사람이었다. 하지만 네아는 미국 음식을 좋아하지 않았다. 콜라만 빼고 말이다. 네아는 미국인의 얼굴을 하고 있었다. 하지만 미국 말을 할 줄 모르는 아이였다.

네아가 말하는 걸 듣고 깜짝 놀랐다. 네아를 처음 만났을 땐, 그때 난 어느 서양인의 얼굴을 한 아이가 한국말로 성질을 내는 모습을 보곤 당황스러움을 감출 수가 없었다. 7년 전이었다. 길에서 어떤 아이를 마주쳤다. 네아였다. 그때 난 그 아이에게 물어보고 싶은 게 있어 주변에서 몇 분을 어슬렁대고 있었다. 그런데 네아는 그게 짜증이 났던 거다.

"거기서 뭐 하는 거야?"

그 서양인의 얼굴을 한 아이는 인상을 쓰며 버럭 화를 냈다. 그 모습에 놀라 난 고개를 푹 숙인 채 아무 말도 하지 못했다. 그런 내 모습이 안쓰러웠는지, 그러곤 금세 나를 달래주려는 듯 다시 다가와 물었다.

"왜? 뭐 물어볼 거 있어?"

네아와 나의 인연은 그렇게 시작이 됐다. 그때부터 네아는 나를 만날 때마다 콜라를 마셨다.

네아를 배웅해 주러 나왔다. 오늘도 저 멀리까지 앞서 걷는다. 걸음이 빠른 아이였다. 그래서 난 늘 네아의 뒷모습을 보며 걸었다. 그 모습이 든든하기만 했다. 하지만 부끄러운 마음이 들었다. 네아 덕분에 컴퓨터의 바이러스들을 모두 없애고 어지럽게 널려있던 데이터들도 정리했다. 그렇지만 그런 도움을 받는다는 사실이 오늘은 부끄럽게만 여겨졌다.

네아는 메트로를 타지 않았다. 네아는 늘 창밖을 보고 싶어 했다. 그래서 오늘도 버스를 탄다. 메트로를 타는 일은 갑갑하고 여겼다. 네아와는 한 번도 같이 메트로를 타 본 적이 없었다.

버스 안에서 손을 흔드는 네아의 모습을 본다. 네아가 떠나간

자리는 늘 허전함이 맴돌았다. 네아를 보내고 발걸음을 옮겼다. 1시간 정도를 걷다 공원에 왔다. 그리고 그곳 벤치에 앉아 공원의 풍경을 바라봤다.

아빠의 목에 올라탄 아이가 소리를 질러댄다. 아이스크림을 입에 물고 뛰어가는 아이의 모습을 본다. 그러다 넘어지고, 그렇게 울어대도 그 모습이 귀엽기만 하다. 평화롭기만 해 보이는 풍경이었다. 그 모습이 내겐 마치 벽에 걸린 그림 같았다.

그 액자 속 그림에 끌려 다가가다 어느 순간 멈춰서 버리고 만다. 아이의 웃음꽃이 날려 엄마의 얼굴에 미소가 지어진다. 뒤뚱거리며 뛰어노는 뒷모습에 엄마는 눈을 뗄 수 없다. 나도 가끔 그런 아이가 되고 싶은 생각이 든다. 넘어지진 않을까, 그래서 다치진 않을까 항상 뒤에서 나를 지켜보는 엄마의 아이이고 싶다. 액자 속 그림은 어두워져 갔다. 흐린 구름이 드리웠다. 그 화창했던 그림이 점점 우울한 색깔로 변해가기 시작했다.

한 방울 두 방울 비가 내렸다. 먹구름이 짙게 깔린 하늘에서 비가 내린다. 다시 일어나 걸었다. 비에 맞아 젖은 옷이 다른 사람들에게 들킬까 발걸음을 재촉한다. 우산을 가져오지 않았다. 어차피 집에 있는 우산도 멀쩡한 것은 없었다. 셔츠는 더욱 아래로 늘어져 갔다. 발걸음은 더욱 무거워진다. 억수 같은 비가 쏟아져 내리기 시작한다. 굵은 빗방울들이 바닥으로 떨어질 때,

어디선가 덜컥 문이 열리는 소리가 들려 고개를 돌렸다.

집 문을 열고 나오는 엄마와 딸들의 모습이 보였다. 엄마의 휠체어를 미는 큰딸, 축구공을 굴리며 그 뒤를 따라오는 고개 숙인 작은딸.

엄마가 뒤를 돌아보며 무언가를 이야기하자 큰딸은 고개를 끄덕거린다. 그리곤 손에 쥔 우산을 펼쳐 비를 막는다. 작은딸은 여전히 축구공만 차며 멀찌감치 떨어져 걸어온다. 쏟아지는 비에도 손에 쥔 우산을 펼치지 않는 동생을 보며 언니는 우산을 쓰라고 말하지만, 하지만 끝내 입도 열지 않고 비를 맞는다. 두 딸의 뒤에 큰 허전함이 맴돈다. 비가 그칠 때가 됐는데도 그치지 않는다.

어느덧 그 가족을 멀리 보내고 다시 발걸음을 돌린다. 좁은 골목길들을 걷다 메트로 역이 있는 곳으로 와 열차에 올랐다. 메트로를 타고 네오스퀘어로 향했다. 네오스퀘어의 주말은 언제나 사람들로 가득했다. 역 안은 사람들로 붐볐다. 에스컬레이터 위로 올라서는 사람들의 모습이 보인다. 그 모습을 보고 있다가 발을 뒤로 뺐다. 에스컬레이터를 타려다 말고 방향을 틀어 계단으로 걸어 올라간다.

사람들로 가득 차 있는 광장을 본다. 광장의 한가운데에는 시위대의 모습도 보인다. 사람들은 구호를 외친다. 그리고 소리 지른다. '가죽 재킷은 법적으로 금지되어야 한다. 가죽가방을 드는 것은 불법이 되어야 한다.' 그들은 그렇게 말하고 있다. 그 커다란 함성은 넓은 광장을 넘은 저 먼 곳으로까지 울려 퍼져 나간다.

가죽 재킷을 입고 다니는 사람은 없다. 가죽가방을 들고 다니는 사람도 더 이상은 찾아볼 수 없다. 가죽으로 된 밴드의 시계는 유행을 지난 지 오래다. 손목에 감겨 있던 가죽이 벗겨지는 상상을 했을 땐 상실감을 느꼈다. 동물들의 가죽은 사람의 몸에서 벗겨져야 한다는 말이 사람들의 입을 통해 옮겨 갈 때 시베리아 어느 벌판에 벗은 채로 있는 듯한 혹독한 추위를 느꼈다. 하지만 아직 제정되려면 멀었다. 법은 범죄보다 항상 한 발짝 늦다.

혁명을 이끄는 사람들이 세상을 바꾸고 있다. 동물을 보호하는 시대의 군중들이 거리를 장악하고 하고 있다. 시대의 흐름을 따라가지 못하는 옷차림은 광장의 한가운데에 서서 자리를 잡지 못한 채 서성거리기만 한다. 그런 인격적인 흐름을 외면하는 나와 같은 돌연변이가 그들과 함께하기에는 너무도 큰 능력적 차이와 낮은 문화 수준을 맴돌며, 따라잡지 못할 바람을 바라만 보고 있는 신세가 되었다.

즐겁다. 그렇지만 슬프다. 축제에 끼지 못하는 외딴 존재는 이 순간을 즐길 만한 감동을 하지 못한다.

커피가 쏟아져 바닥 카펫이 젖었다. 수백 혹은 수천 마리의 나비들이 촘촘히 붙어 있는 Bar의 바닥엔 이제 멀쩡한 날개를 가진 나비가 없다. 분홍색과 짙은 노란색, 자주색과 보라색, 그 수많은 색깔의 나비의 날개들이 점점 검붉어진 건 우연이었는지도 모른다. 카페트가 얼룩이 졌다. 로렌이 커피 잔을 바닥에 떨어뜨렸다. 나비들의 무늬가 얼룩이 져 그 모양이 변해간다. 하지만 그건 어쩌면 필연적이었던 것일지도 몰랐다.

이른 오후 Bar를 찾았다. 골목길로 들어서자 로렌의 모습이 보였다. 로렌이 밖에 내 두었던 화분을 다시 계단 밑으로 옮기고 있었다. 나는 얼른 쫓아가 로렌을 거들었다. 여자 혼자서 들기에는 크기가 꽤 큰 화분이었다.

로렌을 도와 화분을 계단 밑으로 옮겨 놓았다. 넓적하게 자라 있는 잎들 사이로 싱긋 웃는 미소가 보인다.

"커피 한 잔 마실래?"

난 대답 대신 고개만 끄덕였다. Bar는 아무도 앉아 있지 않은 빈 테이블들만 가득했다. 로렌은 바로 가 커피 한 잔을 타주었다. 타 준 커피를 들고 텅 빈 Bar의 한가운데에 있는 테이블로 가 앉았다. 로렌도 곧 자기가 마실 에스프레소를 타 테이블 쪽으로 걸어왔다.

"젠장"

터벅터벅 걸어오던 발소리가 멈추고, 난 로렌이 서 있는 쪽으로 고개를 돌렸다. 쿵 하고 부딪히는 소리가 뭉개져 울렸다. 노란색이었던 나비 날개에 검은색이 칠해졌다.

여전히 커피잔을 들고 있는 모습으로 바닥을 내려다보는 로렌이었다. 로렌은 비속어를 내뱉고는 주방으로 가 마른걸레를 가지고 나왔다. 바닥에 쏟은 커피를 하얀 걸레로 몇 번 쿡쿡 누르고는 한숨을 쉬며 중얼거렸다. 그리곤 걸레를 바 구석에 집어던져 놓고 내가 앉은 의자 옆으로 와 털썩 앉았다.

로렌은 의자 위에 걸어둔 검은색 가죽 재킷을 어깨 위로 걸쳐 입었다. 그리고 팔짱을 낀 채 테이블 위에 올려놓은 내 담뱃갑을 멍하니 바라보고 있었다. 그리곤 목 아래쯤에 묶여있는 끈을 만지작거렸다.

오래전에 프랑스 인들이 입었던 옷 같은 것이었다. 로렌이 입고 있던 옷은 연주황의 천으로 된 긴 팔의 옷이었다. 가슴선이 파인 곳이 두 개의 줄로 엮여 묶어져 있다. 로렌은 옷에 있는 끈을 만지작거리며 테이블 위에 올려진 담뱃갑을 내려다봤다.

"카멜 블랑…"

그리고 말했다. 하지만 그 뒤에 하는 말은 알아듣지 못했다. 로렌은 중얼거리듯이 말하는 습관이 있었다.

"화이트와인을 좋아해?"

로렌은 물었다. 하지만 선뜻 대답할 수가 없었다. 나는 레드와인을 좋아하지 않는다. 그래서 화이트와인을 좋아하냐는 로렌의 말에 고개를 끄덕였다.

Bar에 오면 항상 마시는 키르는 나중에 알고 보니 화이트와인에 꺄시스 크림을 섞어 만든 술이었다. 붉은 색깔을 띠는 술이었기에 화이트와인으로 만든 술이라고는 생각하지 못했다. 그 색깔이 마음에 들었다. 꺄시스 크림 향도 좋았다. 그리고 달콤한 맛에 끌렸다.

화이트와인을 좋아하냐는 로렌의 질문에 고개를 끄덕였다. 그런데 그걸 왜 물어본 거지라는 생각이 잠깐 들었지만, 하지만 생각해보니 키르에선 어딘지 화이트와인 맛이 나는 것 같았다. 그리고 난 스스로 레드와인을 시켜 마셔본 적이 없었다. 그렇다면 내가 화이트와인을 좋아하냐는 로렌의 말에 고개를 끄덕인 것도 틀린 것은 아니었다.

종이 담배 한 갑을 샀다. 이름은 카멜 블랑이었다. 블랑은 하얀색을 뜻하는 프랑스어. 하얀색 갑 위에 낙타 한 마리가 그려져 있다. 낙타가 그려져 있는 그 하얀색의 갑이 마음에 들어 산 건 아니었다. 처음 피워보는 담배였다. 담배를 파는 아줌마에게 카멜 한 갑을 달라고 했더니 하얀색 갑의 카멜을 꺼내 줬을 뿐이었다.

로렌은 내게 화이트와인을 좋아하냐고 묻는다. 고개를 끄덕이며 그렇다고 대답하는 내 표정을 보다 재킷 주머니에 있던 담배를 꺼내 한 개비를 손가락에 끼운다.

'말보로 레드…'

그 뒤에 할 말은 생각나지 않았다. 하지만 생각해봤다. 로렌의 재킷 주머니에서 나온 담뱃갑을 보곤 속으로 중얼거렸다.

말보로 레드를 피면 필터에 립스틱 자국이 묻지 않는다. 갈색으로 된 필터는 립스틱이 자국이 묻어도 그 자국이 도드라지지 않는다. 하지만 로렌은 립스틱 같은 건 바르고 다니지도 않았다. 로렌이 말보로 레드를 피는 건 립스틱 자국이 필터에 묻을까 걱정해서는 아니었던 것 같다. 그건 어쩌면 우연인지도 몰랐다. 술잔에 담긴 그 검은색의 술이 출렁이다 떨어진 Bar의 바닥엔 이젠 어두운 색깔의 날개를 가진 나비들만이 살고 있다. 로렌은 일부러 커피잔을 쏟은 것이 아니었다. 그러고 보면 Bar에 배어 있는 술 냄새가 필연적이었던 건지도 모르겠다는 생각이 든다.

하지만 그런 말들을 하지는 못한다. 마음속에 있는 말들을 결국 밖으로 꺼내 보여주진 못했다. 문장이 너무 많았다. 그리고 아직 정리도 못 했다. 나는 줄여서 말하는 법을 몰랐다. 복잡하고 긴 생각들을 정리해서 내보이는 일에 능숙하지 못했다. 차라리 안 하는 게 나았다. 그래서 숨겨놓는 습관이 생겨버렸다.

로렌의 말들이 머릿속을 맴돌았다. 로렌이 흘려 놓은 네 글자의 단어가 방향을 가리켰다. 로렌이 던진 아홉 개의 글자를 따라 어디론가로 향했다. 낮은 오르막길의 꼭대기에 있는 카페였다. 카페 앞에는 커다란 나무 한 그루가 심겨 있고, 그 나무를 몇 발짝 지나치면 있는 언덕 꼭대기의 카페였다.

창문으로 비치는 나뭇잎들 때문에 창문 안에 있던 사람들의 얼굴이 정확히 보이지 않는다. 맑은 오후였다. 화이트와인 한 잔을 마시기 위해 카페의 문을 열었다. 여자들의 이야기 소리가 들렸다. 카페에 들어서자 커피를 마시며 이야기를 나누는 두 여자의 모습이 보였다. 그 모습에 문득 두려움을 느꼈다. 무슨 말을 하는지는 정확히 알아들을 수 없었지만, 하지만 이상한 눈으로 나를 쳐다보며 수군거리고 있었다. 애써 외면한 채 고개를 돌렸다. 여자들의 시선에서 눈을 뗀 채 바에 가 와인 한 잔을 주문했다.

그 여자들이 있는 곳에서 최대한 멀리 떨어진 곳으로 왔다. 화이트와인 한 잔을 달라는 말에 주인 아저씨는 이게 맛있다고 하며 한 잔을 따라줬다. 아저씨가 그 와인의 이름을 말해줬지만 잊어버렸다.

잔을 받아 들고는 구석으로 와 앉았다. 화이트와인을 마셨다. 창밖을 볼 틈도 없이 잔을 입에 갖다 댔다. 하지만 어색한 맛이 낫다. 한 모금을 마시고 몇 번을 더 들이켜도 이 와인에선 달콤한 맛도 크림향도 느껴지지 않는다. 색깔도 마음에 들지 않았다. 입술에 묻은 끈적한 투명함이 낯설게만 느껴진다.

아무래도 나는 화이트와인을 별로 좋아하지 않는 것 같다고 로렌에게 다시 말해줘야 할 것 같다. 그곳에서 나와야 할 것 같았다. 내가 있을 만한 분위기의 카페가 아니었다. 카페에 앉은 사람들의 모습에서 거리감을 느꼈다. 몇 분도 채 앉아있지 않고 자리에서 일어나 밖으로 나왔다.

카페 앞에 서 있던 나무가 곧바로 떠나려던 발걸음을 붙잡았다. 예전에는 이곳에 나무가 심겨 있지 않았다. 이곳에서 찍은 오래전 사진들을 찾아봐도 그곳에는 나무가 없었다.

길고 커다랗게 뻗은 가지들을 올려다본다. 그 커다란 가지 위에서 흔들리는 나뭇잎들을 바라본다. 그러고 보니 서울은 더욱 온화한 도시가 되었다. 지금의 서울의 거리에는 더욱 많은 수의 나무들이 자라나 있다. 불과 내가 20대가 되기 전에도 서울은 삭막하고 차가운 공기가 맴도는 도시였는데, 하지만 지금은 더욱 아늑하고 따뜻한 도시가 되어 있다.

맑은 오후의 하늘에서 햇살이 비쳤다. 그곳에서 난 크고 아름

다운 한 그루의 나무를 봤다. 하지만 내 눈엔 아름답게 느껴지
지 않았다.

　인기척이 느껴진다. 그 나무 뒤 어딘가에 숨어 있을 누군가의
모습이 보인다. 그건 망상이 아니었다. 목이 조여왔다. 본능이었
다. 나를 겨누고 있는 그의 눈빛에 난 다시 먼 곳으로 달아나야
했다.

Hunting Deer

등을 보인 자는 먹잇감이 되고 만다. 그곳에서 달아나 먼 곳으로 도망쳐도 곧 붙잡히고 말 것이다.

그곳을 벗어나 걷는 동안 내내 주위를 두리번거렸다. 어딘가에 멈춰 서서 높은 곳을 올려다본다. 나를 내려다보는 시선이 느껴진다. 하지만 누구인진 알 수 없었다. 내 시력은 너무 나빠서 높은 빌딩 끝에 서 있을 누군가의 모습을 확인할 수 없다.

누군가가 뒤따라 오는 느낌이 든다. 하지만 그게 누구인지는 알 수 없었다. 사람이 너무 많다. 발걸음을 재촉했다. 신호등의 빨간 불을 확인하지 못해 건너려다 차에 치일 뻔했다. 자동차의 급정거 소리에 사람들의 시선이 멈추고 운전자는 창문을 내려 날 노려본다.

'맞다, 난 적록색맹이지.'

더욱 먼 곳으로 달아났다. 열차에 올랐다. 메트로를 타고 네오스퀘어로 향했다. 역 안은 사람들로 붐볐다. 에스컬레이터 위로 올라서는 사람들의 모습이 보인다. 그 모습을 보고 있다 발을 뒤로 뺐다.

에스컬레이터를 타려다 말고 방향을 틀어 계단으로 걸어 올라간다. 광장은 더욱 많은 수의 사람들로 붐볐다. 그 수 많은 인파 속에 몸을 숨겼다. 그리곤 주변을 살폈다.

높은 곳을 주시하며 사람들 사이를 서성인다. 약속 시각이 몇 십 분이나 흘렀지만, 그는 나타나지 않는다. 미친 듯 걸어온 두 다리를 잠시 쉬게 했다. 광장에서 그를 기다렸다. 어느덧 제자리를 맴돌며 땅바닥을 보기 시작했지만, 하지만 그가 나타나는 소리는 들리지 않는다.

누군가가 메시지를 보내왔다. 모르는 사람이었다. 하지만 낯이 익었다. 윤이라는 남자가 보내온 메시지를 읽으며 어렴풋한 기억이 눈앞을 맴돌았다. 아직 그의 얼굴도 보지 못했다. 그는 단지 자신의 이름이 윤이라고만 했을 뿐 자신의 사진을 보내오지도 않았다. 난 그를 모른다. 하지만 왜인지 그의 얼굴이 떠오를 것만 같았다.

윤이라는 남자가 초대장을 보내왔다. 어느 날 얼굴을 알 수 없는 남자에게서 한 통의 메시지가 왔다. 그리고 그는 나를 가면파티에 초대했다.

어차피 얼굴도 모르는 사이에 굳이 얼굴에 뭘 뒤집어쓰고 만나자니, 망설여지기만 할 뿐이었다. 가면파티는 내가 갈 만한 곳이 아니었다. 그런 화려한 파티에 나는 어울리지 않는다. 난 평범한 사람이 아니었다. 나는 종이 냄새 나는 사람이다.

자신이 없었다. 평범하지 않은 나를 보는 사람들의 시선 속에 둘러싸일 용기가 없었다. 하지만 그는 내가 그런 생각을 하고 있다는 걸 알고 있는 듯했다. 그가 보내온 메시지 속 글들은 마치 내가 머뭇거릴 거라는 걸 예상이라도 했었던 듯 상냥한 단어들로만 채워져 있었다.

이상했다. 내가 찍은 사진들은 특별할 것이 없었다. 매일 사진을 찍고 그 사진들을 미디어에 올리지만, 하지만 내가 찍은 사진들을 구경해주는 사람은 없었다.

내 미디어에 올려진 사진들은 사람이 지나다니지 않는 밤거리에 전시된 처량한 그림들과 같았다. 외로운 그림들이 걸려있는 거리에 한 남자가 멈춰 서 있다. 그 남자의 얼굴은 무언가를 추억하고 있는 듯했다. 벽에 걸린 사진들을 보는 그의 눈빛에는 지난날의 기억들에 대한 추억이 머무르며 아른거리는 듯했다.

며칠 뒤 그 남자에게서 메시지가 왔다. 그는 한 통의 메시지를 보내왔다. 그리곤 나를 가면파티에 초대했다. 그는 내가 어떻게 생겼는지도 몰랐다. 그는 내 나이가 얼마나 됐는지도 모르고 있었다. 그는 나에 대해서 아는 것이 없었다. 내 이름도 몰랐다. 심지어 내가 남자인지 여자인지도.

하지만 윤이라는 남자는 그날 나를 파티에 초대했다. 그가 보내온 메시지는 어느 초라한 성에 갇혀 사는 자의 방문 틈 사이로 밀어 넣은 한 통의 편지와도 같았다. 난 가면이 없었다. 가면을 네트워크에 접속시킬 선도 없었다. 컴퓨터 앞에 앉아 세상 어느 곳에서도 파티를 즐길 수 있는 프로그램을 나는 가지고 있지 않았다.

광장에서 그를 기다렸다. 약속 시각이 몇십 분이나 흘렀지만, 그가 나타나는 소리는 들리지 않는다. 혹시나 그가 이곳으로 와 주진 않을까 네오스퀘어의 한복판에서 그를 기다렸다. 컴퓨터 속의 네오스퀘어가 아닌, 지금 내가 그를 기다리는 현실 속의 네오스퀘어로 와 주지 않을까 기대하며 그가 나타나기만을 기다렸다.

하지만 그는 보이지 않았다. 그 수많은 사람들 속에서도 그의 모습은 찾아볼 수 없었다. 웃겼다. 광장의 한가운데에 서 하늘을 보며 웃었다. 그가 이곳으로 와 주길 바라는 내가 이상한 걸까, 이곳에서 그를 기다릴 나를 상상할 수 없는 그가 정상인 걸까.

그가 내 사진들을 사줄 거라는 기대 같은 것은 하지 않았다.

드디어 수입이라는 게 생기고, 그래서 이 일이 나의 직업이라고 떳떳하게 말할 기회가 생길 것 같아 그를 만나러 그곳으로 나갔던 건 아니었다. 그가 나에게 어떠한 도움을 줄 거라는 막연한 기대 같은 것은 하지 않았다. 이유는 나도 알 수 없었다. 그건 내가 결정할 수 있는 게 아니었다. 어디로 갈지를 정하는 건 이 쿠션감 제로의 스니커즈 한 짝이었다. 중요한 건 난 그를 만나지 못했다는 것이었다. 그는 나타나지 않았다. 그리고 아무 일도 없었다.

사람들 사이를 빠져나와 걸었다. 광장에서 벗어나 발걸음을 돌렸다. 다시 좁은 골목길들 사이를 걸었다. 광장에서 들려오던 소리도 조금씩 희미해지며 귓가에서 멀어지고 있었다.

집으로 돌아오는 길에 집 근처 빵집에 들렀다. 늘 이 빵집에서 아몬드 크루아상만 사 간다. 손님이 많은 가게였다. 그래서 항상 줄을 서서 기다려야 했다.

순서를 기다리는 사이 유리 진열대 속에 놓여 있는 케이크들을 보는 데 열중하기도 한다. 여러 가지 종류들의 케이크가 있다. 하지만 모두 희미하게만 보였다. 하얀색의 크림이 올려진 케이크만이 선명하게 보인다. 검붉은 색 체리 하나가 하얀 크림 위로 올려져 있다. 언젠가 그 케이크를 사서 집으로 돌아가는 것이 작은 소망이다. 내 작은 방 안에서 촛불을 켜 놓고 그 케이크 한 조각을 맛보는 상상을 한다. 오늘 따라 손님이 많았다. 그래서 더 긴 줄이었다.

"실례해요"

묵직한 무게에 등이 밀려 몸이 앞으로 쏠렸다. 고개를 돌리니 뚱뚱한 여자가 비좁은 틈 사이를 비집고 케이크 하나를 사 간다. 그 여자의 두툼한 등에서 슬픔이 느껴진다. 그런 그녀의 뒷모습을 보고 있다 어느새 난 계산대 앞까지 밀려왔다.

빵집 종업원은 아랍인이었다. 유난히도 하얀 피부를 가진 여자였다. 처음엔 이것저것 물어보고 고르느라 나를 귀찮게 여기는 것 같았다. 하지만 이젠 익숙해졌다.

처음 이곳에 왔을 땐 그녀의 얼굴에는 웃음기 하나 없었다. 냉랭한 표정으로 계산하고 잔돈도 손으로 직접 건네주지 않고 계산대 앞에 툭 놓아버리곤 했다. 그럴 때면 그녀의 하얀 얼굴이 유난히 차갑게만 느껴졌다. 하지만 그녀도 결국 똑같은 빵만 사 가는 손님이 이젠 오히려 편해진 것 같았다.

그 여자는 히잡을 쓰고 있다. 소매를 걷어붙인 야무진 손으로 아몬드 크루아상을 포장해 준다. 줄을 선 손님들이 앞을 힐끗거려도 아랑곳하지 않고 깔끔하게 포장을 마무리하는 데에만 신경을 쓴다. 그리곤 언젠가부터 웃는 얼굴로 인사를 했다.

"또 오세요"

얼린 우유 같았던 그녀의 피부가 하얗게 녹아내렸다. 그 뒤로는 쭉 아몬드 크루아상만 사 갔다. 이 집만큼 아몬드 크림 반죽을 맛있게 하는 빵집은 없었다. 아몬드 크루아상은 아몬드 크림이 생명이었다.

집으로 돌아와 포장된 빵을 책상 위에 올려 두고 컴퓨터를 켰다. 냉장고로 가 남아 있던 오렌지 주스를 가지고 왔다. 컴퓨터가 켜지고 메시지 도착 알림음이 울렸다. 책상 앞으로 가 허리를 숙인 채 모니터에 띄워진 메시지 속 글자들을 읽었다. 그에게서 온 메시지였다. 의자에 앉아 화면을 들여다봤다. 무슨 글자를 골라야 할지 몰라 막막했다. 어떤 글자를 써서 설명해야 할지, 키보드만 만지작거린다.

그는 왜 가면파티에 오지 않았냐고 물어왔다. 난 여전히 답장을 보내지 못한 채 그가 보낸 메시지만 보고 있었다. 급한 일이 생겨 못 갔다는 뻔한 거짓말을 할 순 없었다. 중요한 행사에 참석하느라 어쩔 수 없었다는 말을 하기에는 내 작은 옷장 속엔 번듯한 옷 한 벌도 없다.

창가로 갔다. 창가에 기대 서 담배에 불을 붙였다. 창문 밖의 하늘은 조금씩 노래지기 시작했다. 애꿎은 담배만 타들어 간다. 또 한 통의 메시지가 왔다. 다시 컴퓨터 앞으로 가 메시지를 확인한다. 아무 대답이 없던 내게 그는 다시 말을 걸어왔다.

얼굴은 조금씩 붉어지기 시작했다. 그가 보내올 말들에 대한 걱정으로 모니터를 보는 것조차 겁이 난다. 혹시 가면이 없는지, 그 가면을 컴퓨터에 연결할 선이 없는지 등에 대해 이야기를 하며 나를 창피하게 하지는 않을까.

아니면 가상 세계에 접속할 수 있는 프로그램 자체가 없는 건지 등의 질문을 해대며 나를 부끄럽게 만들지는 않을까.

그냥 컴퓨터를 꺼버리고 싶었다. 하지만 그가 보내온 메시지 속 글자들엔 컴퓨터를 꺼버리게 할 만한 단어 같은 것은 없었다. 그래도 그는 날 부끄럽게 만들지는 않았다.

오늘은 어떤 사진을 찍었냐며 물었다. 그는 별걸 다 궁금해했다. 왜 아직 사진들이 올라오지 않냐며 그는 다시 내게 물었다. 하지만 대답을 할 수가 없었다.

목 근처에서 머물던 말들은 늘 다시 제자리로 돌아가곤 했다. 쉽게 말을 꺼내지 못하는 습관 때문에 다른 나라의 언어를 말하는 데에도 한계가 있었다. 그래도 다행이다. 이젠 한국어를 잘하는 외국인들이 많아서.

키보드에 손을 올려놓으며 손가락을 이리저리 움직였다. 당신을 기다리며 광장에 머물러 있었던 탓에 그랬다고는 할 수 없었다. 초조함을 달래려 노래나 흥얼거리고 있느라 카메라를 꺼내지 못했다는 말도 할 수 없었다. 시간은 계속해서 흘러갔다. 나는 아직 그의 물음에 답을 하지 못했다. 그런데 혹시, 그는 내가 외국인일 거라고 생각하고 있는 건 아닐까?

그는 다시 몇 자의 글자를 적어 보내왔다. 창가에 앉은 비둘기들을 보며 말했다. 어제 올린 사진이었다. 그는 내가 찍은 사진에 관해 이야기했다. 그가 보낸 메시지 속의 글자들을 보고만 있다. 그는 그 사진 속 비둘기들에 대해 이야기를 하고 있지만 나는 그가 보낸 메시지 속 글자들에만 시선을 둔다.

창밖은 어느새 어두워져 있었다. 하지만 난 컴퓨터 앞에만 붙어 앉아 자리를 떠나지 않고 있었다. 아몬드 크루아상은 아직 입에도 대지 않았다. 그렇게 바라보기만 했다. 뱃속의 굶주림은 가슴으로 옮겨왔다. 가슴에서 이상한 소리가 들리는 것만 같았다. 윤이 보내온 메시지들을 저장해뒀다. 그리고 시간이 지나도록 그 메시지 속 글자들을 돌려 보기만 한다.

The Criminal Tattoos

은행으로 갔다. 실업자 지원금을 받기 위해 아침 일찍 눈을 떴다. 집을 나와 메트로 역으로 향했다.

아침 출근길의 메트로 풍경이 익숙하지 않다. 열차 안의 사람들에게선 건조한 냄새가 풍겨 나온다. 서울의 사람들은 마네킹 같다. 건전지가 없으면 움직일 수 없을 것 같은 모습의 사람들이 눈앞에 서 있다. 열차 안에 선 사람들이 입고 있는 옷은 모두 플라스틱이다. 가끔 천으로 된 옷을 입은 사람도 지나간다. 어차피 전문가가 아니라면 옷의 재질을 구분하지는 못한다. 하지만 냄새가 난다. 그 여자가 지나가면 사람들은 모두 콜록거린다. 7호선에선 유명한 아줌마다. 저 멀리서부터 고약한 종이 냄새가 풍긴다. 혹시나 그녀가 내게 다가와 친한 척을 하진 않을까 고개를 돌린다.

직업을 갖지 못한 사람들은 실업자로 등록된다. 실업자로 등록된 사람들에겐 정부에서 매달 일정량의 지원금이 지급된다. 국고를 관리하는 은행에 고객으로 등록되면 그곳에선 신분증 사진 속의 어색한 표정을 은행 직원에게 보여 줄 필요도 없다.

들어가는 문부터 창구까지 다다르는 몇 개의 문 앞에선 기계들이 내 몸을 인식한다. 왜 이렇게 업무가 느리냐고 내 차례는 도대체 언제 오는 거냐고 따질 필요도 없다. 기계들은 친절하다. 알몸이라도 상관없다. 그들은 전혀 놀라거나 당황스러워하지 않는다.

나는 이런 시스템이 마음에 든다. 은행에 들어서는 기분이 편안하다. 이젠 그들과 친해지기까지 할 것 같다. 나를 알아보는 그들에게 명절이 되면 선물이라도 사다 주고 싶다.

은행에서 돈을 찾고 오면 불안했던 마음이 가라앉았다. 지폐는 나를 위로해줬다. 그건 내 마음을 진정시켜주는 사악한 천사와도 같은 존재였다. 하지만 오늘은 지폐의 위로도 먹혀들지 않는다.

불안한 건지 설레는 건지, 아무래도 난 지금 들떠있는 것 같다. 그에 대한 생각에 마음이 가라앉지 않는다.

윤이라는 남자의 얼굴을 떠올려본다. 그렇지만 떠오르지 않았다. 그 남자에 대한 궁금증이 문득 나를 멈춰 세우지만, 하지만 오래지 않았다.

그의 얼굴을 떠올려보기에는 나는 그의 얼굴을 모르고 그가 어떤 사람인지를 궁금해하기에는 난 그가 어떤 사람인지 알 수 없다. 윤이라는 남자의 미디어를 구독하는 사람들은 내가 하루에 스치는 사람들의 수만큼이나 많다. 그의 미디어를 구독하는 사람들의 숫자는 하루 10km의 거리를 걸으며 스쳐 간 사람들의 수만큼이나 많다.

내가 그의 미디어를 따라잡으려면 서울 한 바퀴를 몇백 번이고 반복해서 돌아도 모자라다. 그래서 걸음을 멈출 수가 없다. 그렇게 걷다 보면 윤과 같은 사람이 내 앞에 나타나진 않을까 끊임없이 어디론가 걸어간다.

다시 메트로에 올랐다. 1달 정기권을 구입하면, 아무런 제한 없이 몇백 번이고 메트로를 이용할 수 있다. 버스도 마찬가지다. 하지만 난 버스는 싫어했다. 걷는 게 힘들어지면 메트로를 찾았다. 다행히도 서울에선 어디서든 어렵지 않게 메트로 역을 찾을 수 있다. 여러모로 내겐 살기 좋은 도시다. 이리저리 떠돌아다니는 자들에겐 축복 같은 곳이다.

노선도는 낭만적이다. 파란색 선을 따라가면 따뜻했던 순간들에 대한 기억이 떠오를 것만 같다. 노란색 선을 따라가다 멈춘 곳에선 어릴 적의 기억들이 떠오른다. 그 순간들을 추억하며 짧은 미소를 짓는다. 메트로 노선도에는 어느덧 수많은 색깔의 선이 그려져 있다. 그 복잡하게 엉킨 선들의 교차점에서 나는 다시 다른 색깔의 선을 따라 그곳을 떠나온다.

빨간색 선을 따라간다. 꿈을 꿨다. 데이터 쓰레기 처리소에 들어와 그 미로 같은 기억 더미들 사이를 헤맨다. 종이 위에 묻어 있던 잉크 냄새는 사라져 버렸고, 그 수많은 컴퓨터들에선 다시 잉크를 태우는 냄새가 풍겨 나온다. 그곳은 마치 버려진 기억들의 수용소와도 같았다. 그 피폐한 공기 속에 갇힌 사람들의 숨소리가 어디선가 조금씩 희미하게 들려온다. 켜져 있는 불빛들 아래엔 작은 문들이 줄지어 이어져 있고, 문에 달린 철창 틈 사이로 흘러나오는 소리를 들으며 그곳을 지나친다.

수용소에 갇혀 있는 사람들의 몸에는 문신이 새겨져 있다. 그들의 몸에 새겨진 그림들엔 내가 지은 죄의 역사가 기록되어 있다. 그곳엔 내게 상처받은 사람들, 내게 버려졌던 사람들, 그리고 지워져 버려야만 했던 수많은 기억이 갇힌 채 숨 쉬고 있다.

손등에 처져 있는 거미줄을 따라 손가락 마디마다 거미 그림이 새겨진 남자가 철창 사이로 손을 뻗어 내밀며 나를 바라본다. 성모마리아 그림이 그려진 여자의 등이 보인다. 그녀가 갇혀 있는 방을 스쳐 지나와 양어깨에 별이 그려진 문신을 한 남자와 눈을 마주치곤 고개를 돌려버린다.

가슴에 새겨진 성당을 향해 고개 숙인 채 잠들어 있는 남자를 본다. 무릎에 그려진 해골 문신의 여자가 의자에 앉아 다리를 꼰 채로 나를 노려본다. 제일 끝 마지막 방으로 다가가다 발걸음이 멈췄다. 밀려오는 기억들에 조금씩 몸은 굳어가고 있었다.

십자가 그림이 가슴에 새겨진 모습의 여자가 벽에 기대앉아 고개를 숙이고 있다. 철창 틈 사이로 갇혀 있는 그녀의 모습을 본다. 루나였다. 누군가가 자신을 보고 있다는 걸 알면서도 그녀는 고개를 들지 않는다. 그늘이 드리워진 그녀의 얼굴은 힘을 잃은 채 움직이지 못한다.

깊고 짙은 어둠에 그을린 루나의 얼굴을 본다. 바닥으로 가라앉은 미로 속을 헤매다 그녀를 봤다. 그때의 기억 앞에서 나는 다시 한 번 무릎을 꿇은 채 주저앉고 만다.

그 여자의 향수 냄새가 사라지지 않았다.

'오늘은 그런 꿈을 꾸지 않기를, 내일은 희망이 찾아오기를.'

그런 기도들을 하곤 했다. 창문 밖의 불빛이 어렴풋이 비치는 어두운 방 안에서 내가 할 수 있는 일은 기도하는 것밖에는 없었다. 내려가는 엘리베이터가 올라가는 것처럼 보였다. 그래서 오르려다 가슴이 덜컥 내려앉은 적이 있었다.

강가에 앉아있다 일어나려고 할 때 몸이 기우뚱해 강물 속으로 빠져 사라질 뻔하기도 했다. 눈은 더욱 어지러워져 갔다. 뒤

틀린 렌즈로 세상을 들여다보듯 기울어진 모습의 풍경들이 눈앞에서 울렁거린다. 옆으로 누워 있으면 나았다. 그래서 컴퓨터를 할 때 옆으로 누워서 하는 습관이 생겼다. 오른쪽으로만 누워 있으면 오른쪽 목과 허리가 아프고, 그래서 왼쪽으로 누웠다가 다시 오른쪽으로 눕기를 반복한다.

눈을 떴다. 그날 아침 컴퓨터의 메시지 도착 알림음이 나를 깨웠다. 옆으로 누운 채로 모니터에 띄워진 글자들을 읽었다. 몇 자를 읽어나가다 벌떡 일어나 앉아 눈을 비볐다. 그에게서 온 메시지였다.

그는 내게 오늘 만날 수 있겠냐며 메시지를 보내왔다. 그 문장은 짧았다. 하지만 길게만 느껴졌다. 그 문장의 끝에서 나는 다시 한 번 망설였다.

'그는 왜 이토록 나를 만나고 싶어하는 걸까?'

문득 의심이 들었다. 그건 마치 내 방 안에 사는 거미를 마주쳤을 때와 같은 느낌이었다. 두려운 느낌인 것 같기도 했다. 그 거미를 처음 봤을 땐.

그때 난 그 거미가 독거미가 아닐까 겁을 먹었다. 그 화려한 무늬를 한 거미 한 마리가 나를 물어 죽이진 않을까 겁에 질려 있었다. 하지만 죽일 순 없었다.

키보드 위를 흐물흐물 기어가는 거미를 본다. 작심한 듯 멈춰 세운 손가락으로 몇 자의 글자를 적어 보낸다. 불쑥 키보드를 눌렀다. 그의 요구를 거절해야 했다. 오늘 만날 수 있겠냐는 그의 물음에 부정적인 답변을 건네야 했다.

하지만 그렇게 하지 못했다. 짧은 망설임 뒤 메시지를 보냈다. 그리고 그와의 저녁 약속을 잡았다. 혹시 그가 약속장소를 잘못 찾아올까 그에게 보낸 메시지를 다시 한 번 읽고 확인하기까지 한다.

지난밤 나는 악몽을 꿨다. 고요함이 깨진 이부자리를 돌아봤다. 악몽을 꾸다 깬 침대 위는, 하지만 다시 평화로워졌다. 그러나 그의 메시지 하나에 또다시 뒤죽박죽되었다. 맞춤법이 몇 개가 틀려 있었다.

'일곱 시에 만나는 걸로로 해요', '나중ㅇ엣 봐요'

부끄러웠다. 손으로 이마와 얼굴을 가렸다. 윤이라는 남자는 저 글자들을 보며 무슨 생각을 할까,

미소가 지어졌다. 말도 안 되는 글자들을 보내 놓고도 웃음이 난다. 두려움이 설렘으로 바뀌었다. 그러고 보니 거미는 사라지고 보이지 않았다.

책상 서랍을 열었다. 필름들이 굴러 내려와 서랍 끝에 멈춰 섰다. 서랍 속에 있던 필름들을 뒤적거렸다. 그리고 몇 개를 집어 가방 속에 넣었다. 이젠 그 필름들이 언제 어디에서 찍었던

사진들이었는지도 구분할 수 없을 만큼 많은 양의 필름들이 서랍 속에 잠자고 있다.

필름을 현상해 주는 곳은 단 한 곳이 남았다. 그 현상소마저 문을 닫기 전에 사진들을 모두 현상해야 하지만 까마득하기만 한 일이었다. 필름 하나당 현상료가 얼마였는지 항상 그걸 잊어버렸다. 그래서 현상소에 갈 때마다 걱정이 앞섰다. 혹시나 지금 내가 쓸 수 있는 돈을 초과하는 현상료가 나오면 어떡하나 불안한 마음으로 그곳에 가곤 했다.

현상소 아저씨는 이제 내가 오는 것도 귀찮아했다. 아저씨는 이제 그마저도 얼마 남지 않은 커다란 구식 디지털카메라를 수리하는 일에만 매달려 있다. 그것도 질려 있는 듯했다. 카메라 부품들이며 카메라를 고치는 데 필요한 도구들이며, 플라스틱과 쇳덩이들이 널려있는 아저씨의 책상은 무료하게만 보인다. 의욕이라곤 없어 보였다. 아저씨는 필름을 그 위에 놓고 가라고 하곤 언제 찾으러 오라는 말도 하지 않는다.

언젠가는 현상소에 안에 걸려있는 사진 중 하나를 가리켰다. 발레를 하는 여자의 모습이 찍힌 사진이었다.

"이 사진은 아저씨가 찍은 건가요?"

하지만 아저씨는 두 눈을 크게 뜨며 고개를 가로저었다.

"내가 찍은 사진이 아닙니다."

아저씨는 누군가와 이야기하는 것조차 귀찮아했다. 괜한 질문을 했던 것 같다. 하지만 난 이미 그런 아저씨의 말투와 행동에 익숙해져 있었다.

내가 알아서 필름을 찾으러 가면 사진이 현상돼 있을 때도 있고 그렇지 않을 때도 있다. 어차피 그것들이 언제 어떻게 현상되어 나오는지는 중요하지 않다. 그건 내가 선택할 수 있는 일도 아니었다.

필름을 맡겨 놓고 현상소를 나왔다. 약속 시각이 다 되어 빠른 걸음으로 걸었다. 소나무들이 줄지어 있는 가로수 길을 걷는다. 종이는 죽었다. 그 길고 긴 가로수 길 위에서 나는 냄새를 느낀다. 하지만 끝일지도 몰랐다. 현상소에 맡긴 필름들이 이젠 마지막이 되진 않을까, 늘 작별할 준비를 한다.

광장에서 그를 기다렸다. 기울어진 광장의 사람들 속에서 그를 찾았다. 많은 사람들이 있었다. 광장에 앉아있는 사람들의 몸은 모두 한쪽 편으로 쏠려있었다. 그곳 어딘가에서 그가 나타나지 않을까.

하지만 난 그의 얼굴을 모른다. 선글라스를 낀 남자, 혹은 선글라스를 끼지 않은 남자. 여러 가지 얼굴들이 있다. 많은 얼굴의 사람이 보인다. 파란색 옷을 입은 남자가 내 앞으로 다가온다.

하지만 그건 그가 아니었다. 나는 그가 입고 올 옷도 예측할 수 없었다. 그의 걸음걸이가 어떤 모습일지도 알 수 없었다. 첫 만남이다.

'그런데, 그는 내 얼굴을 알고 있을까?'

광장의 한가운데에 서있는 어느 백발의 할머니는 십자가를 손에 쥔 채로 지나가는 사람들을 향해 예수를 믿으라 말한다. 전자문신을 드러낸 젊은이들의 팔은 그 주름지고 늙은 손을 뿌리치며 도망가듯 피해간다. 그 어지러운 풍경 사이로 누군가를 찾고 있는 남자의 모습을 본다. 수많은 사람들 사이로 비스듬히 기울어져 걸어오는 한 명의 남자가 보인다. 그는 안경을 꼈다. 손목에 찬 시계를 보며 멀리서부터 걸어오는 남자의 모습을 본다. 스쳐 지나가는 사람들 사이로 누군가를 찾고 있는 그의 모습이 보인다.

나는 검은색 가죽가방을 옆으로 메고 있었다. 그리고 검은색 셔츠를 입고 있었다. 바지는 언제나 입고 다니던 검은색 바지다. 그리고 검은색의 천에 하얀 고무창이 깔린 스니커즈를 신고 있다.

가죽가방을 메고 있는 사람은 이 광장에 나 혼자뿐이다. 불어오는 바람에 셔츠가 흔들렸다. 가방을 멘 끈이 셔츠를 붙잡는다. 하지만 소용이 없었다. 그 조그만 바람에도 흔들리는 사람은 이 광장에선 오직 나뿐이었다.

어지러움이 멈췄다. 현기증 속에 빠져 있던 사람들이 다시 정신을 차린다. 광장은 평형을 되찾았다. 그리고 그는 내게 다가와 손을 내밀었다. 얼떨결에 따라 손을 내민 난, 그리고 그의 손을 잡았다.

그는 내게 악수를 하였다. 그리고 미소로 인사했다. 그의 얼굴 앞에서 난 아무런 말도 꺼내지 못했다. 무슨 말을 해야 할지 모르는 상황에서 괜히 말을 꺼냈다간 횡설수설하기만 할 것 같았다. 눈을 똑바로 쳐다보자니 아무 말도 없이 그러고 있으면 이상한 사람처럼 보일까 그의 눈을 보지도 못한다. 그가 먼저 말을 꺼냈다. 어색한 침묵만이 흐를 뻔했던 순간 그의 목소리가 나를 깨운다.

"오랜만인 것 같네요. 우린 만난 적이 없지만."

입술은 더욱 굳게 다물어졌다. 그가 나를 만나 처음 한 말은, 하지만 도무지 그 뜻을 이해할 수 없었다. 그런 그의 말이 최면같이 느껴졌다.

처음 보는 사람을 만나면 말 한마디 꺼내는 게 힘이 든다. 그가 나처럼 아무 말도 없이 걸어가기만 했다면 더욱 힘들었을 것이다. 하지만 그는 일상적인 말 정도는 할 줄 아는 사람이었다. 먼저 말해주길 기다리기보다는 먼저 말할 줄 아는 사람이었다. 다행이었다. 그는 어디로 가자는 말도 없이 자연스럽게 발걸음을 옮겼다.

49번 길에 있는 레스토랑으로 왔다. 골목 모퉁이의 둥그런 모양으로 된 건물 1층에 있는 레스토랑이었다. 오랜만이었다. 기억은 잘 나지 않지만.

예전에는 이곳이 철물이나 공구, 기계 같은 것들을 팔고 수리하는 상점들로 가득 찬 거리였다. 녹슨 기계 덩어리들이 거리 곳곳에 나뒹굴고 벽에는 온통 시커먼 때가 묻어 삭막한 분위기였다. 그 자리에 카페와 레스토랑들이 들어섰다.

주말 저녁을 즐기는 사람들로 가득 찬 곳이다. 쏟아져 나온 테이블들과 의자들은 그 수많은 사람들의 이야깃거리를 손님으로 맞이한다. 그 빈자리 없는 테라스의 레스토랑 중에서도 유독 눈에 띄는 레스토랑이었다. 레스토랑의 이름은 황금나침반이었다. 그곳 테라스에 빈자리 하나가 있었다. 우린 그곳에 자리를 잡고 앉았다.

종업원이 메뉴판과 물을 가져왔다. 난 오른쪽 옆 테이블로 시선을 돌렸다. 다리를 꼬아 앉은 여자가 있다. 그 여자와 눈을 마주치며 이야기하고 있는 팔짱을 낀 남자를 본다. 그리고 테이블 위에 올려진 접시 위의 음식들을 본다.

다시 고개를 돌렸지만, 눈은 또 다른 방향으로 향한다. 윤의 눈을 마주쳤지만, 하지만 다른 곳을 향해 시선을 옮긴다. 쓸데없이 잔만 만지작거린다. 물이나 한 모금 마시고 메뉴판을 본다.

메뉴판에는 황금색 나침반이 그려져 있었다. 간판에도 그 그림이 그려져 있다. 황금색 나침반이 못에 걸린 채로 구부러져 있는 그림이었다. 그 그림을 보다 생각에 잠겼다.

무엇을 먹을까 고민했다. 하지만 그는 아직 결정하지 못한 듯 보였다.

그렇게 한참 동안 메뉴판을 보고 있다. 그는 생선요리를 골랐다. 난 오리고기 요리를 골랐다. 종업원이 다가오자 메뉴판을 접어 종업원에게 건넸다. 그리고 그는 와인도 한 잔씩 주문했다.

주문한 음식들이 나오기 전에 빵과 크림이 먼저 테이블 위에 올려졌다. 바게트 네 조각을 잘라 놓은 접시 위에 누런색의 크림 한 덩이리가 놓여 있다. 윤은 그 크림을 빵 위에 발랐다. 하지만 난 바게트에 크림을 발라 먹어본 적이 없었다.

엄지손가락 크기만큼의 크림을 떠내 빵 위에 바른다. 하지만 잘 문질러지지 않았다. 윤은 무척 자연스럽게 크림을 빵 위로 펴냈지만 내가 바른 크림은 가운데에 쿡 눌러져 굳어버린 것같이 잘 펴지지 않았다.

그가 다시 시범을 보였다. 어물쩍거리는 내 모습을 보곤 다시 바게트 조각 하나를 집어 들었다. 나이프로 크림을 떠내 빵 위에 바른다. 하지만 그는 조금씩 무표정해져 갔다.

'내가 답답해 보여서 그런 걸까?'

다시 다가오는 종업원의 모습이 보인다. 와인 한 병을 손에 얹은 채로 다른 한쪽 손으로는 와인 잔 두 개를 손가락 사이에 끼운 채 우리가 앉은 테이블 쪽으로 다가온다. 그리곤 잔들을 우리 앞에 하나씩 내려놓는다. 그는 손수 와인을 한 잔씩 따라줬다. 레드와인이었다. 나는 그때 그런 생각만 들었다.

'레드와인이 나를 구원해줬구나.'

그 누런 색 크림의 정체는 거위 간이었다. 어쩐지 맛이 이상했다. 난 거위 간을 좋아하지 않는다. 윤은 내게 거위 간 크림의 맛이 어떠냐고 물었다. 하지만 웃어야 했다. 괜찮은 맛이라고 하며 그의 질문에 미소를 지었다. 그렇지만 그는 눈치챈 것 같았다.

"냄새에만 익숙해지면 괜찮아질 거야."

와인 잔만 입에 대는 내 모습에 그는 그렇게 말했다. 그런 내 모습을 그는 아마 짐작하고 있는 듯했다.

"처음엔 나도 별로였어."

그리고 주제를 돌려 이야기했다. 그는 거위 간 크림 이야기를 하다 말고 내 미디어 속 사진에 대한 이야기를 꺼냈다.

"난 그 시리아 아이의 사진이 예뻤어."

"환하게 웃는."

어느 광장에서 마주친 아이였다. 광장의 수많은 사람들 사이로 귀여운 꼬마 아이 하나가 보였다. 그 모습을 사진으로 찍었다. 그 꼬마의 뒤로는 시리아 국기의 깃발이 나부끼고 있었다.

"하지만 슬퍼 보였어."

사진 속 아이는 해맑게 웃고 있다. 그는 감상에 젖어있었다. 윤은 마치 지금 그 사진을 보고 있는 듯 이야기했다. 하지만 그리 심각한 표정을 짓지는 않았다. 진지한 말투로 내 사진들에 대해 이야기를 하지는 않았다. 그는 어려운 말이나 내가 알아듣지 못할 불확실한 뉘앙스의 말은 하지 않았다. 하지만 복잡하게만 들렸다.

그가 입고 있는 하얀 셔츠는 플라스틱 단추로 여며져 있었다. 천으로 된 옷이 아니었다. 그렇지만 내가 입고 있는 셔츠와도 달라 보이지 않았다.

그는 잔을 들어 와인을 한 모금 마셨다. 그의 셔츠 소매 끝에 달린 단추가 보인다. 셔츠 아래에는 갈색 가죽으로 된 시계가 그의 손목을 감싸고 있다.

윤은 다시 잔을 내리고 다리를 꼬아 앉았다. 그가 입고 있는 검은색의 바지 위로 무릎이 뾰족하게 튀어나왔다. 테이블에 가려 신발은 보이지 않았다. 광장에서 이곳까지 오는 동안 그가 무슨 신을 신고 있었는지 유심히 살펴보지 못했다. 다시 자세를 바꿨다. 그는 그렇게 몸동작을 이리저리 바꾸었다. 하지만 표정에는 변화가 없었다.

'나는 이렇게나 흔들리는데 그는 왜 이렇게 고요하기만 하지'

느닷없이 불어온 바람에 난 눈을 감고 고개를 돌렸지만, 하지만 그는 고요하기만 했다. 그는 흔들리지 않았다. 갑자기 불어온 바람에도 그는 표정 하나 바뀌지 않았다.

주문한 오리고기 요리와 생선요리가 나왔다. 그가 주문한 음식은 구운 연어요리였다. 연어살을 자르는 그의 모습을 본다. 나이프 질도 전혀 서투르지 않았다. 그의 몸동작에선 어색한 부분이 없었다. 그는 여전히 고요하기만 했다. 하지만 그런 그의 표정도 그 순간에는 굳어버리고 말았다.

"부모님이랑 같이 살아?"

그가 주문한 연어는 뼈째 잘라 구워져 나왔다. 연어의 뼈에 나이프가 걸린 것 같았다. 그의 그 부드럽던 손목이 딱딱하게 굳었다. 여유롭기만 했던 그의 표정이 그 순간에는 굳어버리고 말았다.

그에게 한 첫 질문이었다. 하지만 그는 반가워하지 않았다.

"아니, 혼자 살아."

그때 그의 표정에는 짧은 어둠이 드리워져 있었다. 그를 난처

하게 할 생각은 없었다. 난 단지 무슨 말이라도 해야 했다. 그런 내 물음에 짧게 대답하곤 시선을 돌려버리는 윤이었다.

그의 시선은 먼 곳으로 향했다. 그리고 생각에 잠긴 듯한 모습이었다. 난 더 이상 물어볼 수 없었다. 하지만 그의 눈이 향하는 곳을 느낄 수 있을 것만 같았다.

윤의 시선이 내 몸 여기저기에 닿았다. 어디가 아픈지 무엇이 필요한지, 심장은 어떻게 뛰는지 무언가를 알고 싶어 하는 듯한 그의 눈빛이 느껴졌다. 광장은 해가 저물어 노을이 지기 시작했다. 왜인지 그 모습이 무겁게만 보였다. 음식이 목구멍으로 넘어가지가 않았다. 난 와인만 마셔댔다.

검은색의 와인이 든 글라스에 불빛이 비친다. 어두웠던 시간 때문이었는지 그 위로 비친 불빛들 때문인지, 윤의 눈이 안경에 가려 잘 보이지 않았다. 그의 안경 속 눈빛이 궁금했다. 하지만 읽을 수 없었다. 다행이란 생각이 들었다. 차라리 잘된 일일 거라 생각했다. 그를 다시 만나야 할 이유가 생겼으니.

안경 위로 비치는 불빛이 흔들린다. 그가 조금씩 움직일 때마다 내 눈도 따라 움직인다. 늦은 밤길 위를 서성였다. 그날 집으로 돌아오는 길을 몇 시간 동안이나 걸었다. 와인 한 잔에 취하지는 않았다. 술에 취한 채로 비틀거리며 걸어가진 않았다. 그때 난 단지 길을 잃었을 뿐이었다. 그의 안경을 바라보던 내 눈은 갈 곳을 잃은 채 밤거리를 헤맸다.

Photography

어지러움이 멈췄다. 그를 본 순간 난 기울어진 세상 속을 빠져나왔다. 윤은 나와는 달랐다. 술을 마셔도 약이 생각나지 않는 남자였다. 잠을 자다 깨 약을 찾는 일도 그에게는 없었다. 그는 종이 담배를 피우지 않았다. 천으로 된 옷도 입고 다니지 않았다. 그는 안정된 직장을 가지고 있고 구독자가 많은 미디어를 운용하고 있었다. 그리고 그는 방어체계 구축 프로그램이 있었다.

그에게선 좋은 냄새가 났다. 어두운 그림자 속에 살며 시들어가는 냄새는 나지 않았다. 그의 그런 면이 거부감을 주진 않았다. 나는 같은 환경 속에 있지 않은 사람들을 무작정 배척하는 고지식한 사람은 아니었다. 그런데도 내가 시대의 흐름을 따라가지 않는 이유는, 그건 단지 그들에게서 거리감을 두기 위한 것뿐이었다.

하지만 그런 거리감에 대한 원칙을 무너뜨리는 것처럼, 그렇게

나 버티고 있던 스스로를 멀리 떨어뜨려 놓는 것처럼 난 서서히 그에게로 다가감을 느낀다. 어색해진 얼굴과 걸음걸이를 길 위의 거울들에 비춰 보는 내 모습에서 낯선 사람의 시선이 느껴진다.

이상했다. 네아는 내 얼굴을 보자마자 이상한 표정을 지었다. 저 아이가 이상해진 건지 아닌지 의심스러운 눈빛이 맴도는 표정이었다. 컴퓨터가 잘 작동해서 그런 걸까, 아니면 기분이 좋은 건가, 아니면 그냥 이상해진 건가?

"무슨 일 있어?"

네아는 내 밝은 표정에 조금 놀란 것 같았다. 늘 우울했던 표정을 보며 억지 미소를 지어가며 노력하던 네아에겐 그런 내 표정이 당황스러울 법도 했다.

"아니…"

참고 싶었지만 잘 참아지지 않았다. 막을 틈 없는 기침 같은 웃음이 자꾸 새어 나왔다.

그런 내 모습에 네아는 헛웃음을 지었다. 그리곤 컴퓨터 앞으로 가 앉아 무언가를 찾고 있었다.

그리고 네아는 음악을 틀어놓곤 축 늘어진 몸으로 의자에 등을 기댔다.

"누구 노래야?"

"에밀리 웰스라고, 오래됐어. 영화에 나왔던 노랜데."

하지만 그 여자의 목소리가 귀에 들어오지 않았다. 지금의 내 기분과도 어울리지 않는 멜로디의 음악이었다.

"에밀리?"

에밀리는 Bar에서 일하는 프랑스 아이의 이름이었다.

"어느 나라 사람이야?"

그러다 문득 궁금한 마음이 들었다. 에밀리 웰스가 어느 나라 사람일지.

"미국일 거야. 확실히는 모르겠는데…. 에밀리는 미국 이름 아냐?"

그런데 그걸 왜 나한테 물었을까,

네아는 반문했다. 모호한 표정만 짓고 있다 그렇게 되물었다.

네아는 미국에 대한 관심이 너무 없었다. 서양인들이 먹는 음식은 입에 맞지 않는다며 눈길도 주지 않는 아이였다. 콜라만 빼고 말이다.

네아는 에밀리 웰스를 인터넷으로 검색했다. Emily Wells. 미국, 텍사스 주 출신이었다. 프랑스에서는 에밀리를 보통 Emilie 이라고 쓴다. 그래서 그게 같은 이름이라고 해야 할지 아닌 이름이라고 해야 할지는 모르겠다. 가수 에밀리와 프랑스 아이 에밀리는 생김새도 달랐다. 목소리도 완전히 다르다.

"그런데, 왜 그렇게 표정이 좋아?"

궁금함보다는 이상하게 여기는 기미가 더욱 확연히 드러났다. 네아가 알던 내 모습이 지금의 내 모습과는 다른 것 같았다. 난 네아에게 윤이라는 남자를 만났던 일에 대해 이야기했다. 나는 결국 못 이긴 듯 그에 대한 이야기를 해버렸다.

네아에게 그를 만난 날에 대한 이야기를 늘어놓았다. 네아는 혼란스러워했다. 윤을 만난 날에서부터 그를 알게 된 날로까지 거슬러 올라가는 이야기를 들으며, 하지만 근심 어린 표정도 숨기지 않는다. 내가 너무 걱정만 끼치는 친구였을까.

네아에게 미안한 마음도 들었다. 어느덧 약속 시간이 다 되어 집을 나왔다. 네아는 이젠느라는 아이를 만나기로 돼 있었다. 만나기로 한 곳으로 함께 버스를 타고 갔다. 이젠느는 그날 Bar 의 파티에서 베이스 기타를 연주한 호주 아이였다. 네아는 이젠느와 친한 사이였다.

그때 Bar에서 본 이젠느의 모습은 어딘지 쓸쓸해 보이고 처량해 보였다. 연주를 마치고 홀로 앉아 술잔을 들던 모습이 지워지지 않는다. 누군가가 다가와 말을 걸어도 쉽게 눈을 마주치지도 않았다. 조용한 아이 같아 보였다. 그런 이젠느가 궁금했던 건 아니었다. 단지 난 네아에게 윤에 대한 이야기를 조금 더 하고 싶었다.

네아는 자신의 집 근처인 잠실나루역 사거리에서 이젠느를 만나기로 했고, 우린 그곳으로 가는 버스에 올랐다. 누군가가 옆에 있을 땐 다른 것들을 신경 쓰지 못하는 성격이었다. 혼자 걸으면 보이는 것들이 누군가와 함께 걸을 땐 보이지 않았다. 그때 난 그 버스가 지나왔던 길이 어디서 어떻게 이어졌는지도 생각나지 않는다. 그 버스 안에서 있었던 시간이 네아와 함께 있었던 시간인지 아니면 윤과 함께 있었던 시간이었는지 그런 것조차 헷갈린다. 확실한 건 그 시간은 너무 짧았다는 것이었다.

잠실나루역 근처에서 내렸다. 이젠느를 만나기로 한 카페 앞까지 네아를 따라 왔다. 이젠느가 먼저 나와 있었다.

이젠느도 집이 이 근처라고 한다. 카페 앞에 서 있는 이젠느를 봤다. 한낮에 본 이젠느의 얼굴은 조금 달라 보였다. 조명 불빛 아래에 있던 얼굴에 햇살에 비쳤다. Bar 에서 본 얼굴과 한낮에 본 이젠느의 얼굴은 마치 다른 사람인 것처럼 느껴졌다.

네아는 이젠느의 볼을 만지며 안부를 물었다. 나를 알아본 듯 내게 먼저 인사를 건네는 이젠느였다. 그리곤 나를 향해 웃어 보였다. 웃는 모습을 처음 봤다. 볼에는 빨간 주근깨도 나 있다. 그 모습을 보니 어딘지 어색한 기분이 든다. 그리고 보니 그날은 그 아이의 표정이 어둡지가 않았다.

그리곤 내게 커피 한 잔 마시고 가라고 권했다. 수줍은 듯 팔을 뒤로 꼰 채로 조심스럽게 입을 열었다. 네아도 옆에서 거들었다. 하지만 난 사양했다. 그냥 가야겠다고 말해버리고 와버렸다. 바쁜 일이 있었던 건 아니었지만, 그런데도 그냥 인사만 하고 돌아서버렸다.

커피를 마시는 게 내키지 않았던 건 아니었다. 자리를 피하고 싶었던 것도 아니었다. 메트로 역으로 향하며 뒤를 돌아봤다. 그런 의도는 아니었지만 이젠느를 조금 민망하게 만들어 버렸다. 커피 한 잔 마시고 가라는 말이 끝나자마자 그냥 가야겠다고 말한 게 괜히 신경이 쓰였다. 좀 더 밝은 표정을 지으며 사양할 걸 그랬나, 무슨 핑계라도 대며 고맙다는 말이라도 하고 와야 했던 건 아니었나.

메트로를 타고 집으로 왔다. 열차 창가에 기대 창밖을 바라봤다. 강물 위로 반짝이는 햇살만 넋 없이 바라봤다. 이젠느의 표정이 떠올랐다. 어색하게 웃던 이젠느의 모습이 오는 내내 마음에 걸렸다.

하지만 다시 고개를 돌렸다. 그리고 입술을 움직이며 미소를 지었다. 윤은 가방에서 카메라를 꺼내 그런 내 얼굴을 사진으로 찍었다.

윤은 그날 황금나침반에서 내 얼굴을 자신의 카메라에 담았다. 그가 들고 있던 카메라는 코닥 사의 카메라였다. 처음 보는 카메라였다. 그는 사진을 찍고 카메라를 내려놓으며 그렇게 말했다. 윤은 궁금해했다. 여자의 옆모습을 찍은 사진이 많은 건 무슨 이유였는지, 윤은 알고 싶어했다. 그는 그날 계속해서 내가 찍은 사진들에 대해 물어보고 이야기했다. 이유는 없었다. 사진을 찍을 때 무슨 의도를 가지고 찍는다거나 어떤 목적을 가지고 사진을 찍은 적은 없었다. 그런 의도가 있었을지도 모른다. 아름다운 풍경이나 아니면 멋진 남자나 예쁜 여자가 지나가면 그 모습을 훔치고 싶었던 의도가 있었는지도 모른다. 하지만 사진을 찍을 때마다 무엇 때문에 셔터를 누르고 있는지를 생각해 본 적은 없었다.

미디어에 올려놓은 메트로 안 여자 옆모습의 사진들을 모두 찾아봤다. 그때 정확하게 대답해주지 못했던 이유를 윤에게 말해주고 싶었다.

윤의 말대로 참 많은 여자들이 있었다. 사진 속 여자들은 모두 외로워 보였다. 그들의 시선은 창밖 멀리 어딘가를 바라보며 쓸쓸함에 젖어있었다. 하지만 이유를 알 수 없었다. 아무리 들여다봐도 무엇 때문에 사진을 찍었는지 그 이유가 떠오르지 않았다. 한참을 그렇게 사진들만 보고 있었다. 그에게 해 줄 대답을 찾고 싶었다. 하지만 사진 속 여자들은 창밖만 쳐다본 채 아무런 말이 없었다.

열차는 계속해서 달렸다. 몇 번을 멈추고 달리기를 반복하며 어디론가를 향해 떠나고 있었다. 사진 속 여자들은 모두 외로웠다. 그들은 모두 쓸쓸해 보이는 모습이었다. 열차 속 여자들의 옆모습들은 하나같이 슬픈 눈을 하고 있었다. 그리고 난 그 모습을 사진으로 찍었다.

땅 위를 달리던 열차는 다시 땅 밑으로 내려왔다. 창문 밖으로 보이던 도시의 풍경이 어느덧 검은색으로 변해있다. 열차의 빈자리는 외로웠다. 비어있는 자리에선 허전함이 느껴진다. 그 여자는 외로웠다. 열차 창밖을 보는 여자의 눈엔 쓸쓸함이 묻어있다. 그때까진 그랬다. 몇 정거장이 지나 또 다른 여자가 그 여자의 옆자리에 앉았을 때까지 그들은 모두 외로웠다.

해가 비추는 땅 위로 올라섰다. 열차는 다시 지상 위를 달렸다. 두 여자는 밝은 표정을 짓고 있었다. 먼저 외로웠던 여자도, 나중에 외로웠던 여자도.

어느새 둘은 환한 미소의 얼굴로 바뀌어 있었다. 잠시 한눈을 판 사이 그들은 모두 행복해져 있었다. 따가운 햇살에 시선을 뺏긴 사이 그들의 표정은 달라져 있었다.

입술에 칠해져 있던 립스틱이 빨갛게 번져있다. 그들의 입술 주변은 새빨갛게 물들어있다. 그들은 키스했다. 그리고 사랑을 나눴다.

그 외로움들은 모두 어디론가 떠나간 듯 보이지 않았다. 더 이상 메트로의 풍경이 쓸쓸해 보이지 않는다. 열차 안의 여자들은 더 이상 외로운 것으로 보이지 않았다. 그 사진 속에 있던 여자들이 모두 행복한 표정을 짓고 있는 것 같은 착각마저 들었다.

그 여자들이 보고 있는 곳을 찾고 싶었던 건지도 몰랐다. 그들이 바라보는 창문 밖의 풍경을 훔치고 싶었던 것이었는지 모른다. 외로움, 난 그 외로움을 훔치고 싶었던 건지도 모른다.

사람들의 따가운 시선이 느껴진다. 평소와 다르지 않게 길을 걷고 있지만, 아직도 이 시커먼 색의 가죽가방을 메고 있는 나를 보는 사람들의 시선에도 익숙해져 있지만, 발걸음이 빨라진다. 나는 그와 사랑할 수 있을까, 아무렇지 않게 그와 사랑을 나눌 수 있을까. 그런데.

'그는 나를 사랑할 수 있을까?'

동성결혼은 합법화되었다. 남자가 남자를 유혹하고 여자가 여자에게 끌리는 일은 있을 수 있는 일이 되었다. 그렇지만 죄를 짓는 기분이 든다. 철창 속에 갇혀 몸부림치는 내 모습이 떠오른다. 물론 벌써 그와 결혼하는 것을 상상하는 것은 아니다. 하지만 범죄라도 저지른 사람처럼 도망가듯 걸었다.

사진을 찍는 양이 줄었다. 집으로 돌아와도 미디어에 올릴 만한 사진이 없다. 어젯밤 꿨던 꿈만 반복해서 떠오른다. 컴퓨터 모니터에 시선을 둔 채로 딴생각만 하고 있다.

윤을 만난 뒤론 꿈이 많아졌다. 책상에서 멀어진 채 담배 한 대를 피웠다. 꿈속에서 마주친 순간들을 그리며 피어오르는 연기를 바라본다. 하얀 종이는 시커멓게 타들어 간다. 필터는 조금씩 축축해져 갔다. 어젯밤 난 바다를 만나는 꿈을 꿨다. 검은색의 바다였다. 파도가 지나간 뒤의 남은 물결이 발등을 적신다. 하지만 그 모습이 아름답게만 느껴졌다.

윤을 만난 뒤론 악몽을 꾸지 않았다. 어떠한 부정적인 암시도 결코 나쁜 꿈을 의미하지 않았다. Bar로 가는 일도 드물어졌다. 키르 한 잔도 생각나지 않는다. 어제 먹다 남은 아몬드 크루아상 한 조각을 먹었다. 나는 아몬드 크루아상이 주식이었다. 그래선지 내 몸에선 버터 냄새가 난다.

가끔은 라면을 먹기도 했다. 값비싼 김치를 큰 맘 먹고 사기도 한다. 그렇게라도 김치를 먹지 않았더라면, 내 위장은 이미 막힐 대로 막혀버렸을지도 모른다.

그와 이어폰을 나눠 끼고 음악을 듣는 상상을 한다. 그러다 잠이 들었다. 잠에서 깬 눈을 떴을 땐 내 몸의 반이 마비되어 있었다. 피부 위로 무언가가 울긋불긋하며 꿈틀댄다. 자다 깼다를 반복한다. 팔을 만져봤다. 하지만 팔은 멀쩡했다. 꿈이었다. 그러고 보니 그랬다. 내 팔에는 전자문신이 없었다.

윤은 불쑥 카페로 들어갔다. 그리고 에스프레소 한 잔씩을 주문했다. 창가 자리에 앉아 창밖의 풍경을 바라본다. 그런 그의 옆모습에 눈이 팔려 있다 내 눈을 들킬 뻔하기도 한다.

회사에서 일을 마친 윤과 만나 커피를 마시러 갔다. 하늘은 맑았다. 해가 지지 않는 여름 저녁의 풍경 속에 있다. 그는 조금 피곤해 보였다. 가방을 바 위에 올려놓은 채 높고 기다란 의자 위에 앉았다. 고민에 둘러싸인 듯, 커피를 주문하고는 한숨을 내쉬었다. 하지만 투덜대지는 않는다. 그는 어린아이 같지 않았다. 그는 성숙한 남자였다. 그런 그의 모습은 차라리 어른 같다 느껴졌다.

에스프레소 두 잔을 시키고는 바에 기대앉아 커피를 기다린다. 카페의 바닥은 체스판을 떠올렸다. 검은색과 흰색의 타일이 엇갈린 채 깔려있다. 하지만 조금 삐뚤어진 채였다.

카페 바닥을 비추는 천장의 거울은 뒤틀려있다. 거울 속 풍경을 봤다. 카페 안의 사람들은 모두 거꾸로 앉은 채 커피를 마시고 있다. 뒤집혀 있는 테이블 위의 커피잔을 본다. 그 잔 앞에 앉아있는 여자의 모습이 보인다. 그 여자와 마주 앉아있는 또 다른 여자를 본다. 여자는 몸을 앞으로 수그려 마주 앉은 여자의 귀에 대고 무언가를 속삭인다. 그들 옆으로 한 남자가 지나간다. 수군대는 여자들의 시선은 그에게로 향해 있다.

남자는 바에 자리를 잡고 앉았다. 그 남자가 움직이는 곳으로 따라갔다. 옆에는 또 다른 남자 한 명이 앉아있다. 두 남자 앞으로 커피가 한 잔씩 놓였다.

우린 커피를 들고 창가 자리로 옮겨 와 앉았다. 윤은 설탕을 넣고 스푼으로 커피를 저으며 창밖을 바라보고 있었다.

"가끔은 아이들이랑 이야기하는 게 좋아."

윤은 불쑥 입을 떼어냈다. 그리고 우연히 만난 어느 외국 아이에 대한 이야기를 꺼냈다.

"아이들은 내가 하는 말들을 다 알아들었어."

아무래도 윤은 오늘 회사에서 안 좋은 일이 있었던 것 같다. 직장상사가 자신의 말을 알아듣지 못했나 보다, 그래서 그런 말을 한 게 아닐까?

추측해낼 수 있는 건 고작 그런 것들뿐이었다. 윤의 말끝에서 여운이 느껴졌다. 그는 생각에 잠겨있다. 바람에 나부끼는 창밖 나뭇가지의 풀잎들을 바라보고 있다. 시선을 돌렸다. 그의 모습을 보고 있다 창밖으로 시선을 옮겼다.

문득 그곳의 풍경이 떠올랐다. 언젠가 네아가 내게 해줬던 말이 생각났다. 네아는 내게 그런 말을 해줬지만 나는 윤의 말에 별다른 말을 해주지 못했다. 어쩌면 하지 않는 게 좋을지도 몰랐다. 그런 이야기에 굳이 특별한 해답 같은 걸 찾아 줄 필요는 없었다. 그런데도 나는 윤에게 어떠한 말이라도 해주고 싶었다.

윤의 이야기를 듣다 떠올렸다. 커다란 나무 주위를 뛰어다니는 아이들을 보다 어느 금발 머리의 꼬마가 눈에 들어왔다. 그의 시선이 향한 곳을 바라보다 어느 날 그곳에서 우연히 만난 한 외국 아이와의 대화를 떠올렸다. 바람에 나부끼는 가지들과 그 위로 비치는 따뜻한 햇살, 노랗게 반짝이는 나무 풀잎들 아래에 아이들이 뛰어놀고 있다. 금발 머리의 아이가 눈에 들어왔다. 그리고 다가가 말을 걸었다. 그 아이는 프랑스 아이였다. 내 프랑스어는 서툴렀다. 누군가와 대화할 만한 수준이 아니었다. 하지만 그 아이는 내 말을 알아듣고 있었다. 한국어도 할 줄 모르는 듯했다. 그렇지만 내가 한 말을 이해하고 있는 듯했다.

난 그 아이에게 사진을 찍고 싶다고 이야기했다. 다가가 허리를 숙인 채 조심스럽게 부탁했다. 하지만 부끄러워했다. 수줍은 듯 미소를 짓더니 몸을 배배 꼬았다. 그러다 자연스레 포즈를 취했다.

이상했다. 내 프랑스어를 정확히 알아들은 프랑스 인은 없었다. 한국어도 그랬지만, 누군가에게 무슨 말을 하면 잘 못 들었다며 다시 물어오는 사람들이 대부분이었다. 그런데도 그 꼬마 아이는 엉덩이를 씰룩거리며 양손을 허리춤에 올려놓았다. 그리곤 카메라를 바라보며 해맑은 미소를 지었다.

지금에 와서 생각해보면 그 모습이 어떻게 내 카메라 속 필름 위로 옮겨졌는지 놀랍기만 하다.

'왜냐면 아이들은 복잡하지 않거든.'

하지만 윤에겐 해주지 못했다. 네아는 내게 그런 말을 해줬지만 난 윤에게 그런 말을 해줄 수가 없었다. 단지 난 타이밍을 놓쳤을 뿐이었다.

윤은 무언가를 찾느라 고개를 숙여 가방을 뒤적거리고 있었다. 네아에게 들었던 대답을 그에게도 전해주려 했지만, 하지만 그는 가방 안 속에 있는 무언가를 꺼내는데 정신이 팔려있다.

그는 마치 어린아이 같았다. 가방 깊숙한 곳에 있던 핸드폰을 꺼내 보여줄 것이 있다고 말했다. 들뜬 듯한 모습으로 핸드폰에 저장된 것들을 뒤적거리다 자신이 좋아하는 피아니스트의 연주라며 동영상을 틀어 보여줬다. 그 피아니스트의 손가락이 떨어지는 건반을 내려다봤다. 집으로 오는 길에도 멜로디가 흥얼거려졌다. 가까이 다가온 그의 몸 때문에 자세히 들여다볼 수는 없었지만, 하지만 영상 속에서 들려오던 소리는 지워지지 않았다.

멜로디를 흥얼거렸다. 그 소리를 따라 발걸음이 움직였다. 하지만 카페에서 나와 집으로까지 가는 거리는 너무 짧았다. 그래서 다시 발걸음을 돌렸다. 그렇게 돌아갔다 되돌아가기를 반복한다.

윤이 보여줬던 영상 속의 연주를 떠올리며 손가락으로 가슴을 두드렸다. 똑바로 누워 손을 포개고 눈을 감은 채로 있었다. 집으로 돌아와 침대에 누웠다. 어느 순간 고요해진 밤 속에서 조용히 눈을 감았다.

쿵쾅거리는 소리가 들린다. 위층 남자는 목요일만 되면 저렇게 시끄럽게 군다. 하지만 설레었다. 심장이 뛰었다. 담배 연기만이 가득했던 내 방에서 살아있는 숨소리가 들려온다.

비가 내렸다

라면을 먹으려 물을 끓였다. 건조하기만 했던 내 방 안은 따뜻한 온기로 가득 차 있다.

내 방 유리창에 뿌연 자국이 생긴다. 손가락으로 창문을 길게 긁었다. 그리고 가녀린 가지들을 그린다. 나무의 이름은 정하지 않았다. 가지들 위로 작은 풀잎들도 그려 넣는다. 하지만 꽃이 필지는 모르겠다.

'내가 있던 곳의 계절은 여름이 아니었을까.'

네아가 집 앞을 지나가다 잠시 보자고 전화를 걸어왔다. 전화벨 소리에 잠이 깼다. 창가로 가 밖을 내다봤다. 고개를 숙인 채 전화기를 들고 서 있는 네아의 모습이 보인다.

문을 두드리며 불현듯 찾아오곤 했던 아이가 그곳에 그렇게 서 있으니 무슨 일이지 싶었다. 걷는 것도 싫어하는 아이가 말도 하지 않고 앞장서 걸어가는 모습을 보니, 또 무슨 잔소리가 하고 싶어 저러는 건지 궁금해진다. 네아는 항상 잔소리할 때면 심각해진 표정을 짓곤 했다. 심각한 말을 하는 것도 듣는 것도 싫은 나는 괜한 말이나 꺼내며 입 밖으로 튀어나올 그 귀찮은 소리를 틀어막는다. 네아 역시 그런 나에게 적응이 된 것 같았다. 그렇다고 아예 포기해 버린 듯 입을 닫은 표정에 어색한 기분마저 든다.

네아는 말없이 걸어갔다. 집으로 가던 길에 그냥 얼굴을 보러 온 거라고 말했다. 입꼬리가 구겨진 듯 어색한 미소만 지어 보이는 네아였다.

"무슨 일 있어?"

"…"

난 네아의 표정에 궁금했다.

"아니."

하지만 궁금해하지 말라 했다.

네아의 걸음걸이는 오늘따라 느렸다. 그래서 앞서가다 돌아서 기다리고 있으면, 네아는 다시 아무 말도 없이 나를 앞질러 걸어갔다. 그렇게 서 있는 나를 돌아보며 왜 빨리 안 오냐고 들볶지도 않는다. 빠른 걸음으로 쫓아가 다시 네아 옆에 붙어 걸었다.

땅만 보고 걸을 뿐, 고개를 들어 내 눈을 마주치려 하지도 않았다. 여름의 네아는 예민했다. 네아의 7월엔 폭염주의보가 지

속되곤 했다. 나는 손에 열이 많았다. 그런 내 손을 몸에 갖다 대기라도 할 때면 버럭 짜증을 내곤 했다. 7월의 네아 몸에 손을 갖다 대는 건 금지사항과도 같았다. 네아는 이 여름의 뜨거움을 견디지 못하는 듯 보였다. 그날은 유난히도 무더운 날씨였다. 하지만.

그래도 이상했다. 네아는 평소와는 달리 검은색의 티셔츠를 입고 있었다. 처음 보는 것 같았다. 네아의 팔이 선명한 선을 그리며 뻗어 있었다. 네아의 팔이 그렇게 가녀린지 처음 알았다. 옆을 걸으며 그 옆모습을 흘깃 훔쳐보기만 한다.

어느새 큰 길가를 마주하고 정류장으로 다다라 버스를 기다렸다. 버스가 도착하고 힘없는 인사만을 남긴 채 버스에 올라타는 네아였다.

나는 그곳에 서 차창 속을 바라봤다. 사람들 사이를 비집는 네아의 모습을 고개를 움직여 따라갔다. 힐끗 보이던 네아의 머리카락도 사람들 사이로 섞이며 보이지 않는다. 어느샌가 떠나가버린 버스를 먼발치에서 바라본다.

'앉을 자리도 없을 텐데.'

버스 안은 사람들로 가득 차 있었다. 네아가 걱정됐다. 지쳐 있는 듯했던 그 모습이 눈앞에서 어른거렸다. 그래도 다행이었다. 서울의 대중교통은 냉난방 시설이 우수하기로 유명하다. 이런 날엔 차라리 버스 안에 있는 게 나을지도 모른다.

버스는 멀리 떠났다. 하지만 난 더 이상 걷지 않았다. 네아를 보내고 집으로 돌아왔다.

더 이상은 맴돌지 않아도 될 것 같았다. 집으로 돌아와 창문을 열고 방바닥에 누웠다. 그렇게 누운 채로 창문 밖의 풍경만 바라본다. 들려오는 소리를 듣고 싶었다. 눈을 감았다. 바람이 불어오는 소리가 들렸다.

짧은 잠이 들었다. 발등이 차가웠다. 그리고 다시 눈을 뜨니 창문으로 소나기가 들치고 있다.

거리 위로 비가 내렸다. 사람들은 하나둘 우산을 꺼내 들기 시작했다. 가방을 뒤적거렸다. 우산을 꺼내 폈지만, 구멍 난 틈 사이로 비가 새어들기 시작한다. 천으로 된 우산이었다. 멀쩡하지 않은 우산을 들고 집을 나왔다. 어깨 위로 빗방울이 하나씩 떨어진다. 그러다 점점 축축해지기 시작했다.

비에 젖은 채 옷이 축축해져 있는 사람은 이 거리에서 나뿐인 것 같다. 사람들은 하나둘 방어체계 구축 프로그램을 찾아 떠나갔다. 하나씩 둘씩 많은 사람들이 그곳으로 갔다. 내 곁에 있던 사람들도 그 우산 아래로 달려갔다. 태주도, 영군도, 그리고 사민도.

네아의 뒷모습이 머릿속을 맴돌았다. 내게서 떨어져 걷던 네아의 표정이 문득 다시 떠올랐다. 평소와는 다르게 작아져 있는 목소리였다. 늘 들떠있는 것만 같던 네아의 표정이 그때는 왜인지 가라앉아있는 듯 보였다. 걱정이 됐다. 네아의 팔뚝이 그렇게 가녀린 줄 몰랐다. 네아의 피부가 그렇게 하얀지도 처음 알았다.

그러고 보니 내 눈도 제대로 마주치지 못했던 것 같다. 내가 들뜬 표정으로 윤의 이야기를 할 때마다 네아의 얼굴이 굳어버리는 걸 느꼈다. 내가 알던 네아와는 달랐다. 네아에게서 느껴보지 못한 감정이 전해졌다. 평소와는 다른 모습을 나는 그날 네아에게서 느꼈다.

로미오는 줄리엣을
사랑하지 않았다

윤이 술에 많이 취했다. 그에게서 술 냄새가 난다. 그의 몸은 온통 술에 젖어있다. 늦은 밤 전화가 왔다. 윤에게서 온 전화였다.

그의 집 근처 술집으로 갔다. 술집으로 들어서자 저 멀리 흐트러진 뒷모습의 한 남자가 보였다. 텅 빈 가게 안에 홀로 앉아있는 남자 한 명이 보인다. 하지만 헷갈렸다. 그게 윤의 뒷모습인지.

그의 뒤에서 머뭇거렸다. 다가가 옆자리에 앉으려 했지만 망설여졌다. 하지만 가게는 조용했다. 그곳에는 이미 남아 있는 손님이 없었다. 그곳에서 술을 마시는 사람은 오직 그뿐이었다. 그의 옆에 앉았다. 윤은 고개를 돌려 내 얼굴을 봤다. 어렴풋한 시선으로 나를 쳐다보는 윤이었다. 하지만 인사는 하지 않는다.

그의 앞에는 보드카 한 병이 놓여 있다. 그리고 손도 대지 않

은 노가리 몇 마리가 접시 위에 그대로 있다. 그는 술 한 잔을
더 따라 잔을 비워낸다. 걱정스러운 눈빛으로 그의 모습을 본
다. 무슨 일이 있었는지 물어보려 해도, 하지만 윤은 이미 똑바
로 대답할 수 있는 처지가 아니었다.

그의 입에선 내가 알아들을 수 없는 모양의 단어들만 흘러나
왔다. 눈을 제대로 뜨고 있기도 힘든 것 같아 보였다. 시무룩해
진 입술에선 한숨 덩어리들이 쏟아져 나왔다. 마치 술에 취한
것에 대한 하소연 같았다.

머리칼도 힘을 잃고 흐트러져갔다. 윤은 나를 제대로 쳐다보
지도 못하고 있었다. 그의 눈동자는 나의 이곳저곳을 살필 수
있는 힘을 잃은 듯했다. 덕분에 난 그의 얼굴을 한없이 바라볼
수 있는 시간들이 생겼다.

윤은 탁자에 몸을 기댔다. 그렇게 가만히 놔뒀지만, 몸을 뒤척
이다 의자에서 쓰러질 것만 같았다. 결국 잔을 옆으로 치우고
부축해 일어섰다. 그의 몸은 더욱 무거워져 있었다. 윤의 몸이
내 몸에 닿았다. 하지만 냉정함을 잃지 말아야 했다. 그의 술 냄
새에 흔들려서는 안 됐다.

참 멀었다. 그의 집까지 걸어오는 길의 거리가 참 길게만 느껴
졌다. 윤의 지문을 인식해야 했지만, 말을 듣지 않았다. 손바닥
을 펴 지문인식장치에 갖다 대야 하지만, 윤의 손이, 그리고 무

게가 내가 그를 마음대로 움직이기 힘든 상태로 만들어 버린다. 몇 번이나 경보음이 울렸다. 그는 여전히 비틀거리고 있다. 그리고 난 다시 그의 손바닥을 펴 인식장치에 갖다 대고 있다. 그런 우리의 모습을 한 남자가 빤히 쳐다보며 지나간다.

남자가 지나가고 난 뒤, 그리고 다시 몇 분이 지나서야 힘겹게 지문을 인식시키고 문을 열 수 있었다. 문을 열고 안으로 들어서자 복도에 불이 들어왔다. 복도가 참 길다. 저 많은 문 중에 또 어느 문을 열고 들어가야 할지.

'그런데 혹시 1층이 아니면 어떡하지?'

복도 끝에 있는 엘리베이터를 보니 힘이 빠진다. 어깨는 더욱 무거워져 갔다.

고개를 떨어뜨린 그의 모습을 본다. 그 뒤로 무언가 흐릿한 게 보인다.

'15층, 1500호.'

윤의 이름이 적힌 전자우편함이 보인다. 그가 사는 집의 숫자였다. 15층엔 집이 하나뿐이다. 15층에서 혼자 사는 것 같다.

엘리베이터를 타고 15층으로 올라왔다. 엘리베이터에서 내리자마자 곧바로 윤의 집 문이 보였다. 하지만, 다시 한 번 고개를 숙인 채 좌절하고야 말았다.

참 어려웠다.

지문인식장치를 한 번 더 통과하고 나서야 집 안으로 들어설 수 있었다. 난 곧장 윤을 침대 위로 옮겼다. 침대 위에 있던 이불을 덮어주고, 그리고 난 침대 끄트머리에 앉아 생각에 잠겼다.

혼자 사는 남자의 집이라기에는 아무도 살지 않는 사람의 집처럼 느껴졌다. 윤의 집 벽면과 바닥은 모두 나무로 되어 있었다. 바닥의 나무는 검은색으로 칠해져 있다. 한쪽 벽면을 가로로 길게 채운 나무 책장이 보인다. 책장에는 책들이 꽂혀있었다.

윤을 바라보다 여러 가지 생각이 복잡하게 오고 갔다. 책상 위에 있는 컴퓨터와 그리고 벽에 걸린 작은 액자 속의 사진들, 유리 장식장 속에는 여러 대의 카메라들이 있다. 그리고 바닥에는 커다란 스피커 하나가 놓여있다.

침대 위 벽에는 커다란 사진 한 장이 걸려있었다. 뾰족한 산들이 그려진 풍경의 사진이었다. 머리가 어지러웠다.

침대 위에 놓인 시계는 술병 속에 잠긴 듯 울렁거렸다. 그가 술에 취해 내게 했던 말들이 도시의 밤을 달리는 차들처럼 정신없이 내 머릿속을 달렸다. 생각이 뒤엉켰다. 윤은 곤히 잠들어 있었다. 책상 앞 의자에 앉았다가 다시 창가로 갔다. 어디에 있어야 할지를 몰랐다. 몇 번을 앉았다 일어났다 하다 침대 아래 바닥에 누웠다. 밤이 깊어 창밖으론 아무것도 보이지 않았다.

밖은 조용했다. 옆으로 돌아누웠다. 나무 바닥 위로 옅은 달빛이 비친다. 다시 창문 쪽을 올려다봤다. 검은색의 블라인드 사이로 비친 하늘을 바라본다. 그리고 창밖에선 희미한 기계소리가 들려왔다.

잠이 깼다. 거리를 청소하는 기계들의 소리에 눈을 떴다. 고요하기만 했던 창문 밖의 세상이 분주해졌다.

잠깐 눈을 감은 사이 몇 시간이 지난 것 같았다. 한숨을 내쉬고 시계를 봤다. 블라인드 사이로 새벽이 비쳤다. 바닥에 누워 바라본 하늘은 보랏빛이 되어 있었다.

윤은 아직 잠들어 있는지 기척이 없었다. 보라색의 하늘이 파래질 때가 되어서야 이불을 뒤척이는 소리가 들렸다. 잠에서 깬 윤이 벌떡 일어나 찌푸린 눈으로 나를 보다, 그러다 이내 다시 누웠다.

뜬 눈으로 무언가를 생각하고 있는 듯한 윤의 숨소리가 들렸다.

"몇 시야, 지금?"

시간은 7시를 조금 넘어가고 있었다. 바닥에서 일어나 책상 앞 의자로 가 앉았다.

"기억나?"

기억이 나지 않는 표정이지만 굳이 떠올리려 하지는 않는 것 같았다. 힘없이 눈을 뜨고 있다 다시 잠이 들어버렸다. 그런 윤을 두고 조용히 집을 나왔다.

문을 열고 나가려고 할 때, 하지만 버튼을 잘못 눌러 또다시 경보음이 울렸다. 그 소리에 윤이 몸을 뒤척거린다. 급한 마음에 우왕좌왕대며 이것저것을 눌렀다.

'왜 출근하는 사람도 없는 거지?'

겨우 문을 열고 나왔지만, 1층에는 또 다른 문이 다시 내 앞을 가로막고 있다.

밀었다 당겼다, 동시에 버튼을 눌렀다 뗐다 갖가지 방법으로 문을 열어 보려 했다. 그렇게 몇 분을 매달려 있다, 그러다 어느 순간 누군가에게 밀려 나온 듯 몸이 앞으로 쏠린 채 거리로 나왔다. 지나가던 남자가 그런 내 모습을 빤히 쳐다본다. 어제 그 남자다.

쓰러져 가는 윤을 부축한 채 그의 손바닥을 지문인식장치에 갖다 대고 있다. 어젯밤 그 남자는 정신을 잃은 한 남자를 부축하곤 문 앞에서 아등바등하고 있었다.

사실 난 어제 윤이 무슨 일이 있었는지 궁금하지 않았다. 알아들을 수 없었던 말들을 굳이 해석하려 하지도 않았다. 술이 너무 많이 취해 있었다. 해석할 수도 없었다. 그런 그의 모습을 한참이나 내려다봤다. 어젯밤 난 침대 위에 쓰러진 채 잠들어 있는 윤의 모습을 한없이 바라봤다.

단지 난 그 모습이 애처롭게 느껴지기만 할 뿐이었다. 내가 곁에 있어주지 않으면 잠들지 못할 것 같은 그의 모습이 눈앞에 아른거린다. 나는 온통 그에 대한 생각뿐이었다. 아무것도 눈에 들어오지 않았다. 기다랗게 뻗어 있는 성벽의 문도, 그리고 그 주위를 둘러싼 높은 빌딩도. 그 앞을 지나가는 버스 광고판 속 모델의 얼굴도.

나는 마치 사랑하는 사람이 된 듯했다. 그런 나를 쳐다보는 사람들의 눈빛엔 부러움이 가득하다. 내 얼굴은 마치 사랑하는 사람의 얼굴이 된 듯했다.

집으로 돌아와서도 아무것도 하지 않고 침대 위에 누워있기만 했다. 몇 시간을 이불 속에서 뒹굴다 다시 집을 나왔다. 빵집에서 사가지고 온 빵 하나로 배를 채우곤, 그리고 다시 밖으로 나와 걸었다. 시커먼 길바닥 위에 지금의 기분을 새겨 넣고 싶었다. 발바닥은 조금 아프지만,

하지만 그땐 그런 것도 생각하지 못했다. 그런 밑창 얇은 신발만 신고 다니면 종아리와 허벅지가 뭉쳐 굳어갈 것이라는 것도, 심지어 허리 근육까지 뭉쳐 말썽을 일으킬 것이라는 것도.

어차피 예상이란 건 결과를 받아 든 뒤에야 할 수 있는 예측인 것 같았다. 상관없었다. 나는 지금 그런 걱정 따위에 힘을 들일 이유가 없었다.

해 질 무렵이 되어 Bar로 향했다. 몇 시간을 걸었음에도 계단

을 내려오는 발걸음이 가벼웠다. 하지만 로렌은 당황스러운 표정을 짓는 듯했다. 문을 열고 들어오는 내 모습에, 그런데 로렌은 별로 반가워하지 않는 것 같았다.

반갑게 볼을 맞대 인사를 했다. 하지만 로렌은 내 볼에서 자기의 볼을 빨리 떼어내려 하는 것 같았다. 프랑스식 인사가 오랜만이었다. 나도 모르게 너무 오래 볼을 갖다 대고 있었는지 당황스러운 표정을 짓는 로렌이었다.

Bar의 분위기가 언뜻 낯설었다. 모르는 사람이 많아진 것 같다. 사람들이 나를 보는 표정에서도 어딘지 모를 거리감이 느껴진다. 그러고 보니 오랜만인 것 같다. 다시 Bar를 찾은 게 몇 주만인지 모르겠다. 부딪히는 사람들의 시선에서 낯선 기분을 느낀다.

바에 앉아 커피를 마시고 있을 때 윤에게서 연락이 왔다. 잠깐 자리를 비운 채 밖으로 나왔다. 어젯밤 흔들거리던 윤의 목소리는 다시 멀쩡해져 있었다. 조금 잠긴 듯한 목소리였지만, 하지만 알아들을 수 있는 말들이었다.

윤은 내일 저녁에 시간을 비워달라고 했다. 피아노를 연주해주는 레스토랑이 있다고 함께 가자고 했다. 같이 가보고 싶었던 곳이라고 말했다. 윤도 애늙은이 같은 구석이 있다. 그렇게나 악기 음악을 좋아하는 모습을 보면, 그래도 나 같은 사람과 말이

통한다는 게 납득이 가기도 한다.

난 전화통화가 싫었다. 사람 눈도 제대로 마주치지 못하면서 얼굴 보지 않고 대화하는 것 또한 힘든 일이라 여겼다. 그렇지만 빨리 끊고 싶은 마음이 들지 않았다. 나는 아무래도 이상해진 게 맞는 것 같았다. 수화기를 귀에서 떼어내고 싶었다. 하지만 윤의 볼에서 내 볼을 떼어내고 싶진 않았다.

전화를 끊고 돌아와 앉아 커피를 마저 마셨다. 옆자리에는 머리가 하얗게 센 아저씨가 와인 한 잔을 마시고 있었다. 그 아저씨는 프랑스 인이었다. 안토니는 Bar에 흐르고 있던 음악을 바꿔 틀었다. 그리곤 내게 무슨 바쁜 일이라도 있었냐고 물으며 고개를 돌려 이야기했다.

바쁜 일은 없었다. 하지만 Bar에 올 시간이 없었다. 옆에서 와인을 마시고 있던 아저씨는 우리가 하는 대화를 듣고 있다 대뜸 내게 말을 걸어왔다. 아저씨는 내게 프랑스 인이냐고 물었다. 나는 프랑스 인이 아니라고 안토니가 웃으며 대신 대답해줬다. 그리고 난 대답 대신 슬쩍 미소만 지어 보였다.

아저씨가 마시던 와인 잔 옆에는 신문 하나가 놓여 있었다.

"Gaulois?"

아저씨는 신문을 읽다 내려놓고 내게 그렇게 물었다.

골로아는 한국으로 치면 조선인 정도를 뜻한다. 아저씨는 내게 골로아냐고 물었다. 하지만 난 그게 무슨 말인지 몰랐다.

'나는 조선인인가 아니면 골로아인가.'

아저씨가 내려놓은 와인 잔을 보고 있다 옆에 놓인 신문으로 시선을 옮겼다. 부스럭거리는 소리가 나며 신문이 넘어갈 때마다 다른 사진과 제목의 기사들이 눈앞을 스친다. 하얀 종이 위에 새겨져 있는 검은색의 글자들을 마주친다.

커피 한 모금을 마셨다. 아저씨는 화장실에 가려는 듯 잠깐 자리를 비웠다. 안토니는 술장을 정리하느라 등을 돌린 채 있었다. 주위를 두리번거렸다. 그리고 난 자리를 옮겨 아저씨가 앉아 있던 자리에 앉았다.

아저씨가 자리를 비운 사이 신문을 집어 들었다. 신문 속 사건과 사고들은 모두 지난날에 벌어진 일들의 이야기였다. 고약한 종이 냄새가 코를 찌른다. 신문을 넘길 때마다 기침을 콜록거린다. 하지만 그건 너무 오래전 일이었다.

어릴 적 집 거실에는 커다란 나무 책장이 있었다. 아무도 없는 집에 혼자 남겨져 있을 때면 책장에서 책을 꺼내보는 것이 내 유일한 취미생활이었다. 책장 앞에 앉아 책을 읽고 있으면 시간이 금방 갔다. 많은 이야기의 책들이 있었다. 바덴바덴의 함성, 리스본의 불빛, 그리고 대륙횡단열차. 기억난다. 어린 시절 우리들의 여행기.

그때 난 시간 가는 줄 모르고 책을 읽었다. 그런 자세로 몇 시간을 있으면 목과 허리에 무리가 갈 것이란 것도 생각하지 못했다. 소년과 소녀의 순수했던 사랑 이야기, 그중에서도 가장 좋아하는 책이었다.

페이지를 넘기는 속도는 더욱 빨라져 갔다. 그들의 이야기를 읽으면 읽을수록 사랑은 더욱 가까워져 갔다. 하지만 멀어져 갔다. 첫 문장이 기억나지 않는다. 첫 번째 페이지에 있었던 글자들과 글은.

그곳에 머물렀다. 그 신문의 종이 냄새에 마비된 것 같았다. 아저씨가 내려놓은 신문을 보다 지난날의 추억 속에 잠긴다.

Summer Wine

　내 방 벽면에는 아라베스크 문양의 벽지가 칠해져 있다. 전에 살던 그리스인 여자가 남기고 간 흔적이다. 벽지 위의 무늬는 희미해져 있다. 이젠 색깔이 옅어져 창문으로 햇빛이 비치면 그나마 보라색깔의 무늬가 눈에 띄는 정도다. 그 보라색깔의 무늬가 뱀의 모습으로 변해있었을 땐, 질끈 눈을 감고 말았다. 뱀은 똬리를 풀고 기어 다니기 시작했다. 그런 꿈을 꾸곤 했다. 그런 악몽에 시달리며 밤잠을 설치곤 했다.

　보라색의 뱀이 풀밭을 지나듯 벽면 위를 기어갔다. 뱀이 지나간 자리 위로 희미했던 무늬들이 선명하게 새겨지기 시작했다. 하지만 감출 수 없었다. 눈을 감고 보지 않으려 해도 눈이 감기지가 않았다. 손으로 눈을 가려도 누군가가 손가락을 하나씩 떼어냈다. 처음엔 무서웠다. 몇 번이고 반복해서 그런 꿈을 꿨다. 그것도 곧 적응됐다. 그러다 어느 순간에는 웃는 지경까지 이르렀다.

황당했을 것이다. 그런 장난을 친 귀신이 어떤 귀신인지 모르겠지만 당황했을 것이다. 손가락을 떼어낼 때마다 입꼬리가 점점 올라가는 내 얼굴을 보며 그때 그 귀신은 아마 질색해버린 건지 모른다. 흥미를 잃은 건지도 몰랐다. 에이 재미없어 하고 그냥 가버린 듯했다. 그 뒤로 귀신은 내 앞에 나타나지 않았다. 그 후로는 더 이상 뱀이 벽면 위로 기어 다니는 악몽은 꾸지 않았다.

어릴 때 난 가슴에 있는 흉터를 가리고 다녔다. 가슴이 드러나는 티셔츠나 옷은 입고 다니지 못했다. 브이자 모양으로 파여 있던 초등학교 체육복에도 천을 덧대어 가리고 다녔다. 언젠가는 친했던 친구가 그 천을 밑으로 끌어내렸다. 친구는 누구의 체육복에도 없는 그 천 조각이 보기 싫었던 것 같았다. 감춰뒀던 흉터가 드러났다. 흉터를 보자 친구는 놀라 한 발짝 뒤로 물러섰다. 그리곤 입을 다물지 못했다. 친구의 이마 위로 주름이 그려졌다. 그리고 그 친구는 뒤돌아서 도망가듯 달아나버렸다. 그렇게 그 친구와의 인연은 끝이 났다.

그 뒤로 나는 가슴의 흉터를 더욱 철저하게 가리고 다녔다. 하지만 언젠가부터 다시 그 흉터를 드러내 놓고 다니기 시작했다.

메트로 열차 안에서 마주친 아랍인 한 명이 대뜸 고개를 가로

저으며 날 노려봤다. 셔츠 사이로 드러난 내 가슴의 흉터를 보며 그는 인상을 찌푸렸다. 어릴 때는 흉측하기만 했던 상처였지만 나이가 들어 20대가 되었을 땐 그 흉측함도 차츰 별 볼일이 없어졌다. 셔츠 단추를 풀고 다녔다. 셔츠 사이로 흉터가 드러나 있다. 여전히 그런 나를 쳐다보는 사람들의 시선이 느껴진다. 하지만 난 이제 그런 혐오스러운 시선 따위에는 관심조차 기울이지 않는다. 내 가슴 위에 난 흉터를 보며 징그러워하거나 끔찍해 하는 사람들은 더 이상은 없었다. 하지만 이상한 눈빛으로 보는 사람들이 생겨났다.

그래도 수치스러움보다는 나았다. 차라리 이상한 사람으로 살아가는 게 더 낫다고 생각했다. 그런 나에게 한 남자가 다가왔다. 이상한 남자의 앞에 낯선 남자가 나타났다. 그가 나타난 뒤론 내 가슴의 흉터가 조금씩 특별해지기 시작했다. 그 아랍인이 불편한 얼굴로 나를 쳐다봤지만, 오히려 난 웃으며 그를 지나쳤다. 그런 내 웃음이 당황스러웠던지 아랍인은 할 말을 잃어버린 듯했다. 그렇게 그 아랍인과의 인연은 끝이 났다.

메트로 역 앞에서 그를 기다렸다. 언덕을 오르기 전, 30분이나 약속장소에 먼저 나와 그를 기다리고 있다. 이곳에는 관광객들이 많다. 서울을 여행하는 사람들에겐 지나칠 수 없는 동네였다. 서울을 내려다볼 수 있는 꼭대기가 있다. 땀까지 흘려가며 굳이 그 먼 거리를 걸어 올라가는 사람들이 있다.

언덕의 입구에는 집시들이 무리를 지으며 돌아다닌다. 집시들은 사람들에게 종이를 내밀어 사인을 해달라고 하지만, 그런 그들의 소매치기 수법 또한 이미 그곳의 통과의례 정도로만 여겨졌다. 집시들이 참 놀랍기도 했다. 유럽에만 있는 줄 알았던 집시들은 어떻게 이 먼 곳으로까지 오게 되었을까.

그 언덕 어딘가를 바라볼 때쯤 윤은 약속장소에 도착했다. 우리는 천천히 그곳을 거닐며 언덕길을 올랐다. 집시들의 사인 공세에 몸을 피해야만 한다. 찰나의 순간이었다. 집시들에게 주머니를 털리는 건.

그래서 굳은 채 걸어야만 했다. 난 윤의 앞에서 경직돼 있었다. 윤을 처음 만났을 땐 음식을 꾸역꾸역 먹었다. 오리 고기 요리가 잘 넘어가지 않았다. 맛없게 음식을 먹는 모습을 보며 실망할까 걱정이 들었다. 그런 나를 보는 그의 눈빛이 변해버릴까 겁이 났다. 오늘은 나아진 모습을 보여주고 싶었다. 자연스러워지려 노력했다.

레스토랑으로 왔다. 레스토랑 입구에서부터 피아노 소리가 흘러나온다. 2층으로 올라가는 계단 하나하나에도 피아노 소리가 와 닿는다. 다시 경직되었다. 하지만 다시 굳은 채 계단에 올라서야 했다.

2층 난간 옆에 붙어 있는 테이블에 앉았다. 피아노를 연주하는 사람의 손가락마저 내려다볼 수 있는 자리였다. 옆 테이블에는 여행을 온 것 같은 한 서양인 가족이 있었다. 아빠 옆에 앉은 소년과 엄마 곁에 있는 소녀의 모습이 보인다. 소녀는 난간에 턱을 걸친 채 피아노 연주자의 손가락에서 시선을 떼지 못한다. 소년은 그 모습을 말없이 바라보고 있다 다시 포크를 집어 든다.

윤은 한참이나 난간 아래를 내려다보고 있었다. 고개만 삐쭉 내밀어 연주자를 바라보고 있었다. 메뉴판을 앞에 놓은 채 펼치지도 않는다. 무엇을 먹을지도 고민되지 않는 듯 보였다. 그러다 고개를 돌려 이야기했다. 저 피아노 소리가 아름답지 않냐고 해맑게 웃으며 물었다. 나는 아름답다고 대답했다. 피아노 연주가 멋지지 않냐며 미소를 짓는 그에게 거짓말을 했다.

그 연주 소리에 귀가 기울여지지 않았다. 단지 난 그 모습이 좋았다. 소녀의 모습이 예뻤다. 피아노 연주자의 손가락에서 시선을 떼지 못하는 소녀의 얼굴만 바라본다.

"저 사람은 나를 기억할까?"

"누구?"

"저 피아노 연주하는 사람…."

그러다 그는 그런 말을 했다. 윤은 이곳에 처음 온 게 아닌 것 같았다. 나와 함께 오고 싶다던 이 레스토랑에.

'누구랑 왔을까?'

그제야 메뉴판을 펼치며 고민하기 시작하는 윤이었다. 그는 내게 연어요리를 추천해줬다. 그리고 그는 오리고기 요리를 주문했다.

피아노를 치는 남자의 손가락이 걱정될 정도로 연주가 멈추지 않았다. 와인 잔을 들어야 할까, 말까. 지금 이 순간에 포크를 내려놓아야 하나, 말아야 하나. 내 손가락은 잠시도 가만히 있지를 못했다. 복에 겨운 걱정이었다. 피아노 연주자에 비하면 내 손가락의 고민은 사치스럽기까지 했다.

연어요리를 맛있는 듯 먹었다. 무엇을 골라야 할지 몰라 하던 날 보며 그가 골라준 음식이었다. 터벅터벅한 구운 연어살의 느낌이 별로 좋지는 않았다. 하지만 그가 골라준 요리를 남겨둘 수는 없었다.

옆 테이블에 있던 서양인 가족은 자리를 떠났다. 그들이 떠나고 비어있는 자리를 물끄러미 바라봤다. 그리고 윤을 봤다. 그도 나를 봤다. 그와 만난 뒤로 가장 오래 그의 눈을 마주쳤다.

창밖에선 바람이 불어왔다. 여름 바람이었다. 레스토랑 안은 손님들이 모두 떠나고 텅 비었다. 연주자도 피아노 앞을 떠나고 보이지 않는다.

집으로 돌아오는 우리 둘은 가까워져 있다. 열차에 이리저리 흔들리던 몸이 기댈 곳을 찾았다. 같은 꿈을 꾸는 사람은 같은 곳을 바라보듯 우리가 바라보는 그 꿈은 이제 멀리 있지 않은 것 같다. 공평하게 술에 취했다. 서로에게 몸을 기댄 채 열차에 올랐다.

우리는 체리 와인을 마셨다. 윤의 집으로 와 와인 한 잔을 더 마셨다. 윤은 소파에 반쯤 기대 누운 채 앞에 둔 의자 위에 다리를 올렸다. 우린 조금씩 말이 없어지기 시작했다. 윤이 무슨 생각을 하는지 궁금했다. 한동안 그는 고개도 돌리지 않고 눈도 마주치지 않은 채 창밖만 바라봤다. 문득 어색한 기분이 들었다. 여기저기로 시선을 옮기기만 할 뿐, 이러지도 저러지도 못하는 침묵이 흐른다.

벽에 걸린 액자들이 보였다. 조금씩 크기가 다 다른 사진들이었다. 알고 싶은 것이 있었다. 액자 속 사진들을 보다 그에게 물어보고 싶은 것이 생겼다. 침묵을 깰 사진 한 장을 발견했다. 가장 끝에 있던 한 아이와 여자의 사진에 시선이 머물렀다. 윤은 한 번도 내게 가족에 대한 이야기를 한 적이 없었다. 그런 이야기를 하게 될 때마다 고개를 돌렸던 윤의 모습을 봤다.

먼 곳으로 향해 있는 그의 시선을 어렴풋이 짐작했다. 나는 말없이 그 사진 속 여자와 아이를 바라보기만 했다. 그리고 그의 옆모습을 쳐다봤다. 안경에 가려져 있던 그의 눈동자가 보인다.

윤은 자리에서 일어나 창가 쪽으로 걸어갔다. 눈을 들키지 않으려는 듯 등을 돌린 채로 있었다. 그렇게 창가에 기대선 채 있었다. 윤의 뒷모습에서 슬픔이 느껴졌다. 하지만 그건 내가 알지 못하는 슬픔이었다.

하얀 시트의 침대 위에 누웠다. 윤은 창문을 닫고 내 옆으로 와 누웠다. 그리고 몸을 돌렸다.

윤의 내 가슴에 얼굴을 갖다 댔다. 가슴팍에 그의 숨소리가 닿았다. 셔츠 단추를 풀고 손끝으로 내 가슴을 문지르듯 만진다. 그리고 팔을 넣어 끌어당겼다. 그의 입술에 내 입술이 닿았다. 그리고 윤은 내 목덜미를 빨았다.

다시 몸을 내려 내 가슴에 입술을 갖다 댔다. 가슴에서 뛰는 심장 소리를 숨길 수가 없었다. 윤은 나를 점점 거칠게 몰아붙였다. 팔과 다리가 부딪치고 가슴은 떼어놓을 수 없이 닿아 있다. 목을 감싸 쥔 손이 날 부끄럽게 했다. 그의 머리카락이 내 얼굴을 가렸다. 그리고 난 눈을 감았다.

얼굴이 일그러져 갔다. 숨소리도 거칠어지기 시작했다. 윤은 내 얼굴을 또렷이 쳐다봤다. 그의 눈빛을 피할 수가 없었다. 더 이상은 감출 수가 없었다.

들켜버린 것 같았다. 그는 내 가슴에 얼굴을 묻었다. 그의 고개를 들어 올려 얼굴을 바라봤다. 그리고 깊은 키스를 나눴다. 입술에 묻어 있던 붉은 자국들도 지워버리려 서로의 입술을 빨았다. 윤은 젖은 입술로 내 귀를 적셨다. 간지러움을 참지 못하고 웃어 버렸다.

윤은 내 뺨에 두 손을 갖다 대곤 입술에 뽀뽀했다. 그의 얼굴을 바라보다 눈시울이 붉어졌다. 힘겨운 듯한 미소를 지었다. 우린 서로의 슬픈 자화상을 그렸다. 하지만 어딘가 허전했다. 그가 그린 내 얼굴의 초상화엔 한쪽 귀가 잘려있다.

그의 얼굴을 바라보기만 한다. 윤의 얼굴을 가슴에 대 끌어안았다. 머리를 쓰다듬으며 이마에 뽀뽀한다. 윤은 마치 아이가 된 듯, 엄마의 품에서 장난을 치고 싶은 개구쟁이 아이처럼 밤새도록 나를 괴롭혔다.

누군가가 그렇게 물었다. 진짜 사랑이란 무엇이냐고,

그땐 대답할 수 없었다. 말할 수 없는 비밀에 대한 물음에는 어떠한 대답도 진실일 수 없었다.

길을 걷던 사람들이 나를 쳐다본다. 그것이 동경의 눈빛인지 경멸의 눈빛인지 모르겠다. 사람들은 묻는 듯했다. 그리고 난 대답을 해야 할 것만 같았다. 하지만 아무에게도 말하고 싶지 않았다. 그리고 아무도 알고 싶어하지 않았으면 좋겠다. 누군가 가 물어와도 대답하지 않고 도망가고 싶다.

먼 곳을 향해 달렸다. 도시의 밤거리를 지나 나무들의 그림자 가 드리워진 어느 깊숙한 곳 땅으로 왔다. 길고 긴 숲을 뛰었다. 수많은 나무들을 지나쳐 와 그곳에 다다랐다.

그날 밤 난 체리와인 냄새가 나는 숲 속을 뛰어다녔다. 윤은 유일한 남자였다. 그는 내 가슴에서 나는 소리를 들은 유일한 사람이었다. 그는 내게 다가온 유일한 사랑이었으며 내 몸에 난 상처를 만진 유일한 남자였다.

그때 내가 그와 잠을 자지 않았다면 난 그를 잊을 수 있었을 까, 그의 가슴에서 들려오던 소리를 듣지 않았더라면 난 그를 잊을 수 있었던 걸까.

Je suis pas vaccine

혁명 기념일의 불꽃축제를 보다 입을 열었다. 윤은 무언가를 말하려 뜸을 들였다. 그러다 힘겹게 미소를 지었다.

고개를 돌려 그렇게 말했다. 그는 내게 분위기 좋은 레스토랑을 알고 있느냐고 물었다. 7월 18일이었다. 그날이 되면 우리가 그곳에 앉아 맛있는 음식을 먹고 있을 수 있겠냐고 물었다. 7월 18일은 그가 태어난 날이었다. 사흘 뒤다. 사흘 뒤 윤은 나와 함께 맛있는 음식을 먹고 싶다고 했다. 음악을 들으며 창밖의 경치를 함께 바라보며 이야기 하고 싶다고 말했다. 나는 그가 태어난 날을 알고 있었지만 모른 체했다. 윤의 미디어 프로필에는 그의 생일이 기록되어 있었다. 난 그 날짜를 정확하게 기억하고 있었다. 하지만 모르는 척했다.

다음 날 나는 분위기 좋은 레스토랑을 찾기 위해 온종일 서울을 돌아다녔다.

"어, 미안해요"

그때 난 제대로 보이는 것이 없었다. 그러다 어떤 남자와 부딪히고 말았다. 이곳저곳에 시선을 두느라 정신이 팔려 옆을 보지 못했다. 사과할 틈도 없었다. 가슴은 계속 쿵쾅거렸다.

불꽃축제의 여운이 가시질 않았다. 처음엔 걱정이 됐다. 분위기 좋은 레스토랑은 비싸지 않을까, 내가 가진 돈으로 그를 초대할 수 있을 만한 레스토랑을 찾아낼 수 있을까.

고민은 커져 갔다. 하지만 이제 약 생각은 나지 않는다. 약을 사지 않고 모아 둔 돈이라면 충분하지 않을까, 그 돈이라면 그에게 조그마한 선물도 하나 사줄 수 있지 않을까.

윤은 그날이 자신의 생일이라는 말은 하지 않았다. 하지만 그날을 나와 함께 보내고 싶다는 말은 모든 것을 포기하고 나에게로 오라는 말과 같았다. 포기할 수 있을 것 같았다. 모든 것을 포기하고라도 난 그의 곁에 있을 수 있을 것 같았다.

미리 예약해 둔 레스토랑에서 그를 기다렸다. 나는 홀로 그곳 창가에 앉아 창문 밖을 바라보고 있었다. 하지만 그는 나타나지 않았다. 창밖은 잠잠하기만 했다. 차가운 바람이 지났다 사라진 듯 고요하기만 했다. 그때의 내 심정은 그랬다.

숲 속을 지나온 곳은 바위덩어리들로 뒤덮인 고원이었다. 그

건 꿈이었다. 어느 깊은 새벽 어두운 숲을 헤치고 나와 마주친
건 커다란 돌덩어리들이 널려있는 넓은 땅이었다. 그곳에는 어
둡고 푸른 풍경이 펼쳐져 있었다. 바이러스가 퍼졌다. 어느 날
누구도 예상하지 못한 순간 철조망 너머에서 붉은 바람이 불어
왔다.

창문 밖의 세상은 빨갛게 물들어있었다. 바이러스가 퍼진 서
울의 거리는 온통 붉은색으로 번져 있었다. 사람들은 그 바이러
스가 북쪽에서 전파된 것이라고 말했다. 어느 날 정체불명의 치
명적인 바이러스가 컴퓨터에 침투하기 시작했을 때, 사람들은
그 거대한 붉은색의 바람이 온 도시를 집어삼킬 것이라며 두려
움에 떨었다.

땅속에 연결돼 있던 선들이 하나씩 끊겨버리고 도시를 밝히
던 불빛들은 모두 어둠 속으로 묻혀 버렸다. 사람들의 몸은 굳
어버렸다. 불빛들이 여기저기서 희미하게 깜빡였다. 그리고 그
불빛들이 터지는 소리가 들려오기 시작했다.

마지막 희망처럼 비추던 가로수 등 불빛마저 그 시커먼 구렁텅
이 속으로 먹혀 들어가 버렸다. 소문은 점점 현실이 되어 다가
오고 있었다. 핸드폰이 멈추자 사람들은 길 위에서 굳은 채로
움직이지 못했다. 쓰러져 가는 사람들의 모습이 보였다. 창문
밖 그 참혹한 거리의 모습에 입을 다물 수가 없었다. 컴퓨터 앞

에 있던 손가락들마저 마비되어 버렸다. 네트워크에 연결돼 있지 않던 사람들마저 혼란 속으로 밀려 들어갔다. 지도 위의 서울은 고요했다. 하늘 너머에서 바라본 서울은 불빛 하나 비추지 않는 컴컴한 도시가 되어 있었다. 하지만 그 바이러스가 북쪽에서 넘어온 것이라는 사실을 확인시킬 만한 단서는 없었다.

어떠한 사실도 확인할 수 없었다. 철조망 너머의 나라 역시 깊은 잠에 빠져 있었다. 뒤척임조차 느껴지지 않았다. 그 바이러스는 북쪽에서 옮겨온 것이 아니었다. 사람들은 그렇게 믿고 싶었는지 모르겠다. 하지만 그건 진실이 아니었다.

최초로 그 바이러스의 존재를 밝혀낸 사람은 그것이 북쪽에서 건너온 것이 아니라는 사실을 지면을 통해 알렸다. 땅을 파지하 깊은 곳에 숨을 곳을 만들려 했던 사람들도, 살아남기 위한 물품들을 온통 사다 날라 그곳에 쌓아두려 했던 사람들의 수고도 모두 수포로 돌아갔다.

그 바이러스는 서울에서 퍼진 것이었다. 사람들은 그가 퍼뜨린 종이 위의 글자들을 믿을 수가 없었다. 하지만 사실이었다.

바이러스를 퍼뜨린 자는 얼마 지나지 않아 자수했다. TV 화면을 통해 그의 얼굴이 모습을 드러냈다. 사람들은 그의 얼굴을 보기 위해 TV 앞으로 몰려들었다.

그의 얼굴은 붉지 않았다. 유난히 야위어 있는 얼굴도 아니었다. 그는 북쪽에서 온 사람이 아니었다. 그가 북한과 관련되어 있을 것이라는 추측들을 증명할 만한 어떠한 자료도 확인되지 않았다.

바이러스를 퍼뜨린 자는 사이버 보안 시스템 회사에서 일하던 평범한 프로그래머였다. 차라리 그의 얼굴이 파랗다고 말하는 게 더 어울릴지 몰랐다. 그의 얼굴은 살가죽이 들러붙어있을 정도로 야위었다고 말할 수도 없었다. 어느 정도 핼쑥해져 있을 뿐이었다. 그는 깊은 죄의식을 느꼈던 것 같다. 피폐해진 모습의 한 남자가 여러 대의 카메라 앞에 고개를 숙인 채 앉아 있다. 그의 눈은 낮은 곳을 향해 있었다. 그의 목은 조여 있었던 듯 메말라 있었다. 고개를 들지 못한 채 입을 떼어냈다. 깊은 곳에 가라앉아있었던 듯 잠긴 목소리로 이야기했다. 그는 자신이 바이러스를 퍼뜨렸다는 사실을 고백했다. 여전히 고개를 들지 못한 채 말했다. 자신의 죄를 부정하지 않았다. 그의 얼굴에선 격앙된 감정 같은 것도 느껴지지 않았다. 차라리 평온하다고 느껴질 정도였다. 흔들리지 않은 채로 이야기했다. 더 이상은 숨길 것도 감출 것도 없는 것을 스스로 느끼고 있는 듯했다.

그는 모든 것을 털어놓았다. 그리고 가슴 깊이 묻어두었던 말들을 쏟아내기 시작했다. 그의 입에선 사람들의 고개를 가로젓게 만드는 말들이 떨어져 나왔다. 서울은 병들어 있었다. 서울은 메말라 있었다. 그래서 감염속도가 예상했던 것보다도 빨랐다. 그래서 바이러스가 퍼져 나가기엔 더없이 좋은 환경을 가진 도시였다고 그는 분명한 발음으로 이야기했다.

소스라칠만한 글자들이 그의 입 밖으로 흘러나왔다. 존재하지 않는 거짓일 뿐이었다. 그가 TV 화면 속에서 했던 말들은 모두 존재하지 않는 사실들뿐이었다. 그는 길 위를 걷던 사람들의 다리를 마비시켰다. 그리고 컴퓨터 앞에 앉아 있던 사람들의 손가락마저 못 쓰게 만들었다. 그는 마치 재단사와도 같았다. 그의 말 한마디에 사람들의 팔과 다리가 굳어버렸다. 그는 사람들을 마네킹으로 만들어버렸다. 컴퓨터에 입력시킨 몇 개의 단어만으로, 그는 이 도시를 병들게 했다.

하지만 그런 그의 시절도 한순간에 끝이 나버렸다. 그의 유능한 재단사로서의 위엄도 빛 한 줄기 들지 않는 옷장 속으로 처박혀버리고 말았다. 그가 감옥으로 추방되고 난 뒤 새로운 바람이 불었다. 서울은 수년간에 걸쳐 은밀히 짜왔던 보호막의 모습을 세상에 드러내 보였다.

방어체계 구축 프로그램이 만들어지고 그 프로그램이 수많은 바이러스로 득실대는 이 사회로부터 사람들을 구원해낼 수 있다는 것이 증명되었을 때 사람들은 손을 들어 흔들기 시작했다. 바이러스가 발견되고 난 뒤의 대응은 이미 늦은 것이었다. 컴퓨터 속으로 침투해 들어오는 수많은 감염물질을 모두 감당해내기엔 방어만으론 부족했다. 앞서가야 했다. 그것이 서울의 정부가 말한 방어체계 구축의 핵심이었다.

우리는 모든 공격을 예측할 수 있어야 했다. 막대한 범위에 걸친 바이러스들의 침투 루트를 읽기 위해선 그들이 움직이는 모든 패턴을 읽어낼 수 있는 능력이 필요하다. 거미줄보다도 과학적이어야 한다. 천으로 된 셔츠보다 촘촘해야 한다. 그리고 단단해야 한다. 쉽게 끊어지거나 부서질 만한 재질은 용납되지 않는다. 우리는 그런 옷을 입어야 한다. 하지만 사람들은 원망하지 않았다. 이 중대한 프로그램 개발에 대한 사안을 단 한 차례의 대화도 없이 은밀하게 진행한 것에 대해. 하지만 사람들은 정부에 대한 어떠한 원망스러운 감정도 가지지 않았다.

많은 사람들이 그 프로그램을 갖기 위해 달려갔다. 그 바이러스는 하나의 교훈이 되었다. 사람들은 그날을 잊지 않을 것이다. 그 수많은 컴퓨터의 무덤을 보며 그때의 기억을 지우지 못할 것이다.

다시 네트워크의 세상 속으로 돌아왔다. 사람들은 그날을 혁명의 날이라 불렀다. 서울은 다시 평화를 되찾았다. 윤과 함께 불꽃축제를 봤다. 7월 14일의 서울 밤하늘을 밝히는 축제 소리에 몸을 기댔다.

로미오는 줄리엣을
사랑하지 않았다

혁명 기념일의 축제를 즐기기 위한 사람들이 거리로 쏟아져 나왔다. 윤의 손을 잡고 밤하늘을 본다. 번쩍거리는 불빛이 우리의 얼굴을 밝힌다. 어린아이들이 날린 풍선과 웃음소리가 흩날려 하늘을 수놓는다.

방어체계 구축 프로그램이라는 이 혁명적인 프로그램은 우리의 삶과 어린아이들의 미래를 지켜줄 것이다. 붉게 물들었던 도시는 어느새 푸른 초원을 누비는 가젤들이 풀을 뜯듯 평화로운 날이 찾아왔다.

윤을 기다렸다. 천장에 걸린 샹들리에 불빛이 유리로 된 탁자 위로 길게 늘어진다. 탁자에 팔을 걸친 채 한강의 저녁을 바라본다. 하얀 벽에 걸린 그림들 속에는 오래된 시간의 풍경들이 머물러 있다. 화사한 정원에 앉아 휴식을 즐기는 사람들이 보인다. 내가 앉은 바로 맞은편 벽에는 알렉산더 여왕의 초상화가 걸려있다.

그 그림 속 사람들은 레스토랑에 앉아 이야기를 나누는 사람들의 대화를 엿듣는 듯하다. 알렉산더 여왕은 창밖을 보는 내 얼굴을 아까부터 쳐다보고 있다. 하지만 그들은 너무 늙어버렸다.

점점 어두워지는 하늘은 강의 색깔마저 변하게 한다. 검은 강물 위로 불빛들이 일렁인다. 옆 테이블들에 앉은 사람들의 이야기 소리가 들려오기 시작했다. 무슨 말을 하는지, 어떤 단어가 오고 가는지는 정확히 알아들을 수 없었다. 속이 쓰렸다. 머리가 아파왔다. 연달아 마신 에스프레소 석 잔에 머리가 핑 돈다. 레스토랑 안의 대화들은 물속에 빠진 사람들의 허우적거리는 목소리처럼 귓가에서 울리며 가라앉는다.

사람들은 날 쳐다보지 않았다. 혼자서 커피 석 잔을 비운 나를 보며 수군대지 않았다. 레스토랑은 분위기가 좋은 곳이었다. 창밖에서 바라본 창문 안의 분위기는 낭만적이기까지 했다.

그곳에 앉아있던 사람들은 하나둘 떠나 보이지 않았다. 불이 꺼져 있는 레스토랑 안은 고독을 즐기기에는 더없이 좋은 곳 같았다. 그곳에는 윤의 모습이 보이지 않는다. 창문에 비친 건 윤의 얼굴이 아닌 내 얼굴이다.

윤은 전화를 받지 않았다. 바람이 불면 전화벨이 울릴까, 하지만 바람이 사라지고 나면 그는 영영 내 곁으로 돌아오지 않을까.

집으로 돌아올 때까지는 괜찮았다. 그래도 그날 밤은 숨 쉴 만했다. 약 기운이 떨어지던 순간부터 움직일 수 없었다. 어느 순간부터는 꼼짝달싹할 수 없었다. 눈은 핸드폰을 향해 뜨고 있고 귀는 핸드폰을 향해 열려 있다. 입은 떨어지지 않았다. 말라버려 붙어버린 입술을 떼어내고 무슨 말이라도 했으면 좋았겠지만, 하지만 윤은 전화를 받지 않는다. 차라리 그가 사고라도 당했으면 다행인 걸까, 갑자기 그가 기억상실증에 걸려 자신이 누구인지도 모르는 상태라면 안도할 수 있을까.

그랬으면 좋겠다. 그럴 것이라 믿는다. 그는 절대로 나를 버리고 떠난 게 아닐 것이다.

비라도 내렸으면 좋겠다. 하지만 비는 내리지 않는다. 옷이 흠뻑 젖도록 걷고 싶지만, 먹구름만 가득한 채 빗방울은 떨어지지 않는다. 비에 젖은 내 모습을 본 누군가가 나를 안타깝게 여겨 줬으면 좋겠지만, 하지만 날씨마저 외면한다.

옆으로 누운 채 컴퓨터만 보고 있다. 멍한 시선으로 손가락만 까딱거리며 일기예보를 검색한다. 날씨는 언제 바뀔까, 또는 도대체 비는 언제 내리는 걸까.

그런 원망 가득한 질문을 던진다. 질문을 던지면 컴퓨터는 반응한다. 컴퓨터는 친절했다. 어느 미디어에 올려진 시가 연관 검색되었다. 중국 시인이 쓴 시였다. 하지만 그 시는 날씨에 대한 나의 원망을 더욱 부추기기만 한다.

'좋은 비는 때를 알고 내린다.'

하지만 비는 내리지 않는다. 지금 저 구름 속에 갇혀 있는 비는 좋은 비가 아닌 것 같다. 이런 시를 쓴 사람은 누구일까.

그의 얼굴을 상상하니 중국요리가 떠오른다. 고난과 역경이 가득 찬 그의 표정이 그려진다. 오래전 들리곤 했던 언덕길 위의 중국 식당이 문득 그리워진다. 지폐를 내면 잔돈을 거슬러 주는 걸 못마땅해하는 아줌마였다. 그렇지만 음식은 맛있었다. 오랜만에 와도 내가 뭘 먹을지 알고 주문도 받지 않았다. 그래도 그 아줌마는 카드를 내미는 손님보다 지폐를 내미는 손님에게 조금 덜 불친절한 아줌마였다.

11호선을 타고 달렸다. 메트로 열차에서 내려 역을 나와 사람들을 헤치고 정신없이 걸었다. 중국식당은 꽤 경사진 언덕길에 있었다. 헉헉거리며 두 무릎에 손을 올린 채 식당 앞에 섰다. 하지만 문이 닫혀있다. 그리고 휴가를 떠났다는 메시지 하나만이 유리창에 붙어 있다.

가게 안은 컴컴했다. 안에 걸린 요란한 무늬의 그림들만 언뜻 보인다. 사람은 보이지 않는다. 구겨진 지폐를 내밀던 내 모습을 보며 인상을 쓰던 그 아줌마의 얼굴이 떠오른다. 하지만 그 무뚝뚝한 표정도 보이지가 않는다.

며칠의 시간이 지났다. 그땐 꼭 그 시간들이 긴 세월을 흘러온 것만 같았다. 이제 겨우 며칠밖에 지나지 않았다. 내 며칠은 피폐해졌지만 잃을 게 없었다. 내 삶엔 언제나 어둠이 드리워져 있었기에 어차피 상관없는 일이라고 여겼다.

몇 번이고 전화를 하고 몇 번이고 그의 집 앞으로 갔다. 그의 집 앞에서 그를 기다렸다. 땅바닥을 보며 제자리를 맴돌았다. 그러다 전화기를 들어 통화버튼을 눌렀지만, 하지만 그의 모습은 보이지 않는다.

고개 숙인 모습으로 되돌아왔다. 그에게 무슨 잘못이라도 했었던 건 아닐까 하는 생각이 들었다. 이유를 찾고 싶었다. 그의 집에서 우리 집까지는 10km가 넘는 거리였다. 내가 그에게 했던 행동이나 말들이 그를 실망시킨 건 아니었을까, 집으로 오는 내내 그에게 했던 말들과 행동들을 모두 떠올려봤다. 하지만 순식간에 사라졌다. 기차는 너무 빨랐다. 쏜살같이 사라지고 없는 기차의 모습에 어렴풋이 떠오를 것 같았던 기억들마저 사라지고 만다.

기차가 지나가고 난 뒤 신호등 불이 위치를 바꿨다. 멈춰있던 걸음은 다시 발을 떼어내지만, 하지만 무의미하기만 했다. 신호등의 색깔은 의미가 없었다. 난 적록색맹이다. 어차피 빨간색과 초록색을 구분할 수 없다. 그래서 미대에 진학하는 것도 포기했다.

빨간색과 초록색을 구분하지 못하면 붓을 들 수조차 없다고 그때 대학 면접관이 나에게 그렇게 말했다. 그때의 내 마음을 그는 이해할 수 있을까, 내 마음을 이해한다고 그때 그 면접관은 말했지만, 하지만 그가 정말 내 마음을 이해할 수 있었을까?

그에게 정말 무슨 일이 있는 게 아닐까 하는 생각이 들었다. 그가 방 한구석에 쭈그리고 앉아 혼자 괴로워하고 있진 않을까 걱정했다. 그런 그의 마음을 몰라주고 있는 건 아닐까?

네아의 표정은 어딘가 일그러져 있었다. 내 얼굴은 어딘가에 그을린 듯이 메말라 있었다. 그런 내 모습을 보는 네아의 걱정 스러운 시선이 느껴졌다.

네아는 티를 내지 않았다. 하지만 티가 났다. 내 표정을 살피는 네아였다. 황폐한 표정의 내 모습에 차마 똑바로 얼굴을 볼 수 없는 듯 짧게 시선을 뒀다가 떼어냈다. 네아가 내게 해줄 수 있는 말은 기다려 보라는 말밖에 없었다. 기껏 그렇게 무슨 말이라도 해 봤자 나는 제대로 된 반응이나 대답도 할 수가 없었다.

"맥주 한 잔 마실래?"

"아니."

"그래…. 넌 맥주를 싫어하지…."

"그럼 와인이라도 한잔할까?"

"…."

네아가 권한 와인 잔을 밀어낼 수 없었다. 하지만 선택할 수는 없었다. 네아가 건넨 와인 잔을 앞에 두고 다시 맥주잔을 선택했다. 나는 맥주를 싫어한다. 하지만 와인을 마시고 싶진 않았다. 네아가 돌아가길 바랐다. 혼자 있고 싶었다. 맛없는 맥주를 삼키며 네아가 떠나기만을 기다렸다.

눈도 마주치지 않고 입도 열지 않은 채 앉아 있다. 하지만 맥주는 금방 사라지지 않는다. 내가 맥주를 좋아하지 않았던 건 그런 이유였는지도 모른다.

"내 얼굴도 보고 싶지 않아?"

난 아무런 대꾸도 하지 않았다. 컴퓨터 앞으로 옮겨와 앉았다. 모니터에 비친 네아의 모습을 봤다. 네아는 맥주잔을 앞에 둔 채 내 뒷모습을 뚫어져라 쳐다보고 있었다.

'그 많던 접시는
모두 어디로 갔을까'

    에스프레소 한 잔을 시켰다. 그리고 설탕 한 조각을 넣었다. 천장 거울에 비친 카페의 풍경을 보다 창가 자리에 앉은 한 남자를 봤다.

    깜짝 놀라 고개를 돌렸다. 종업원이 실수로 글라스 잔을 바닥에 떨어뜨렸다. 바닥에 떨어진 유리 조각들을 보며 종업원은 입을 벌린 채로 멈춰있었다. 나는 웃었다. 종업원은 내가 웃는 모습을 보고는 멋쩍은 미소를 짓는다. 그리곤 다시 정신을 차려 유리 조각들을 주워 담는다.

    일을 잘하던 사람이었다. 남자처럼 커트 머리를 자른 여자 종업원이었다. 서양인이었지만 체격도 유난히 작았고 몸동작도 빨랐다. 지난번에 왔을 때는 구석에 앉아서 급하게 밥을 먹는 모습이 안쓰러워 보였는데, 오늘은 사고를 치고 말았다.

종업원이 미처 치우지 못한 유리 조각 하나가 남아있었다. 천장 거울에 반사된 유리 조각 하나가 눈을 비췄다.

계산하고 밖으로 나왔다. 문을 열고 나와 뒤돌아봤지만, 하지만 고개를 돌리곤 다시 발걸음을 옮겼다. 몇 개의 상점들을 지나 메트로 역 근처로 다다랐을 때, 그런데 어디선가 요란한 소리가 들려오기 시작했다.

맥주병을 손에 쥔 사람들이 거리로 뛰쳐나와 환호성을 질러대고 있는 모습이 보였다. 어느 pub이었다. 그러다 누군가가 불쑥 나타나 내 앞을 가로막고 섰다. 그리곤 덥석 내 몸을 움켜쥐며 그렇게 소리쳤다.

"골이에요!"

호랑이의 무늬를 몸에 새겨 넣은 자들이 잔디 위를 뒹굴고 있었다. 창문 안을 들여다보니 스크린 화면으로 뒤엉켜 있는 선수들의 모습이 보였다. 스코어는 1대 0이었다. 월드컵으로 가는 길은 희망적인 것만 같았다. 하지만 내겐 희망할 게 없었다.

컴퓨터를 켜도 확인할 것이 없었다. 내 미디어에는 새로운 사진이 올라와 있지 않았다. 몇 주짼지 모르겠다. 사진을 찍은 지 오래였다. 도착해 있는 새로운 소식은 없다. 그에게서 온 메시지도 없었다. 그의 미디어도 한동안. 아무것도 올라오지 않던 그의 미디어에 한 장의 사진이 올라와 있다.

'왜 하필 청두일까?'

그리고 그렇게 적혀 있었다. 나는 지금 청두에 와 있다는 문장과 함께 한 장의 사진이 올려져 있었다.

그가 아직 살아있다는 사실에 기뻐해야 했다. 그는 여행을 떠났다. 중국에서 찍은 사진과 이곳에 여행을 와 있다는 그의 친절한 설명 한 줄에 나는 안심할 수 있었다. 그는 지금 중국에 있다. 그땐 그런 생각만 들었다. 다행이다. 그리 멀리 가지 않아서.

윤과 다시 만날 수 있을 거라는 기대는 하지 않았다. 하지만 그가 이 세상에 있다는 건 충분히 기뻐할 만한 일이었다. 살아있다는 게 고마웠다. 그렇다고 그가 내게로 돌아온 것은 아니었다. 그렇지만 버릴 수가 없었다. 그에 대한 미련도, 그가 다시 돌아올 거라는 희망도.

그가 한국으로 돌아올 날만 기다렸다. 어차피 나도 윤에게 떳떳하지는 않았다. 난 언제나 소극적이었다. 언제나 먼저 말을 꺼내지 않고 먼저 입도 열지 않았다. 자연스러운 표정과 모습으로 그를 대한 적이 없었다. 그리고 먼저 만나자고 전화를 걸어본 적도 없었던 것 같다.

네아를 대하듯이 난 그를 대하지 않았다. 비겁했다는 생각이 들었다. 그건 어쩌면 솔직하지 못한 모습이었을지도 모른다는 생각이 들었다.

잠에서 깬 난 아침 일찍 집 밖을 나와 걸었다. 다시 무거워진 몸이었다. 아몬드 크루아상도 먹었고, 카메라도 가방에 챙겨 넣었고.

새로운 세상을 여행하는 것처럼 어디론가로 이끌려 갔다. 다리에는 힘이 생겼다. 마치 용기를 얻은 듯했다. 그리고 먼 곳으로 왔다.

"어, 미안해요."

여기에 왔던 적이 있었다. 어느 길 위에서 발걸음이 멈췄다. 어떤 남자가 정신이 팔린 채 길을 걷다 나와 부딪히고 말았다. 그 남자는 제대로 보이는 것이 없었다. 어깨를 쳐놓고도 사과도 하지 않고 가버렸다. 그를 돌아봤다. 신경질이 났다. 하지만 시간이 없다. 나는 오늘 분위기 좋은 레스토랑을 찾기 위해 종일 서울을 돌아다녀야 한다.

그때 난 제대로 보이는 것이 없었다. 선물을 사기 위해 이곳저곳에 시선을 두느라 정신이 팔려 있었다. 그러다 어떤 남자와 부딪히고 말았다. 사과할 시간이 없었다. 그럴 여유가 없었다.

가슴은 여전히 쿵쾅거렸다. 불꽃축제의 여운이 가시질 않았다.

'약을 사지 않고 모아 둔 돈이라면 충분하지 않을까, 그 돈이라면 그에게 조그마한 선물도 하나 사줄 수 있지 않을까.'

오른쪽으로 고개를 돌리면 전시회장이 있다. 신호등을 건너 그 전시회장 앞에 서면 우측 끝 1번 게이트에 지하로 연결되는 에스컬레이터가 나타난다. 지하에는 여러 가지 물품들을 파는 상점들이 있다.

에스컬레이터를 타고 내려와 왼쪽 코너를 돌아 시계를 파는 상점을 찾았다. 매장들이 늘어선 복도를 따라가다 어느 가게 앞에 멈춰 섰다. 기억은 변하지 않았다. 선물을 사기 위해 찾았던 가게가 그곳에 그대로 있었다. 하긴 그때가 한 달도 되지 않았다. 그때 난 가지고 있는 돈으로 살 수 있는 최고의 선물을 사기 위해 이곳저곳을 돌아다녔다. 시계를 파는 상점을 찾아 헤맨 그날의 거리는 아마 윤을 처음 만나고 집으로 돌아오면서 걸었던 거리의 두 배는 됐을 것이다. 결국 그곳에서도 적절한 가격의 시계를 찾지 못해 다시 밖으로 나왔을 땐, 유리로 된 건물에 반사돼 눈을 부시는 햇살이 얼굴을 간지럽히고 있었다.

감겨버린 눈을 뜨고 다시 그 건물을 올려다봤다. 윤이 일하는 회사였다. 언젠가 그가 이야기해줬던 그 유리건물의 회사. 20층이 넘는 건물과 투명창문으로 된 벽면에 패턴을 이룬 듯 놓여 있는 책상들, 그리고 그 앞에 앉아서 무언가에 열중하고 있는 사람들.

그 모습을 보곤 가슴이 덜컥 내려앉았다. 그리고 얼른 그곳을

138   로미오는 줄리엣을
사랑하지 않았다

벗어났다. 하지만 다리가 마음처럼 움직여지지 않아 제대로 걸을 수 없었다. 발걸음이 망가졌다. 그런 내 모습을 윤이 볼 리는 없었다. 창문 밖의 내 모습을 본 그가 내게 전화를 걸어올 일은 없었다. 그는 시계를 사기 위해 돌아다니는 나를 발견할 수 없었다. 왜냐면 그때쯤 나는 사진을 찍으러 온 서울을 돌아다니고 있어야 했기 때문이었다.

시계 사는 걸 포기했다. 내일 다시 가더라도 오늘은 멈춰야 했다. 죄책감이 들었다. 빠른 걸음으로 그곳을 벗어났다.

'그날 윤이 날 본 건 아닐까.'

그때의 무거움이 다시 어깨를 짓누른다.

'거짓말을 한 나에게 그가 실망했던 것은 아니었을까?'

나는 방어체계 구축 프로그램도 가지고 있지 않았다. 변변한 일자리도 없이 사진만 찍으러 다녔다. 나는 그랬다. 그런 나를 윤은 따뜻하게 대했다. 그런 내게 충고 같은 걸 하며 마음을 상하게 하지 않았다. 실업자로 등록되어있는 나에게 어떠한 부정적인 시선도 가지지 않았다.

"요즘은 왜 사진이 안 올라와?"

여름의 해도 기울었다. 시간은 어느덧 9시 4분이 되어 있었다. 창밖은 컴컴해져 있었다. 그날 카페에서 윤은 그렇게 말했다. 창밖을 보고 있다 윤은 내게 불쑥 물었다. 대답을 할 수 없었다. 고개만 숙인 채로 있었다. 아무런 말도 하지 못한 채 입술을 다물고만 있었다.

"힘내, 매일 좋은 사진만 찍을 수는 없잖아"

"언젠가는 네가 찍는 사진들을 좋아해 줄 사람들이 있을 거야"

그는 더 이상 묻지 않았다. 그리곤 다시 고개를 돌려 창밖을 바라봤다. 그런 그의 모습을 보다 죄책감이 들었다. 그는 마치 나를 그와 같은 사람인 것처럼 여겼다. 나는 그와 다르지 않은 삶을 살아가는 사람이었다. 그는 나를 그렇게 생각했다. 그는 내게 거리감을 두지 않았다. 하지만 난 그와는 같은 사람이 아니었다. 사랑 하나를 위해선 카메라도 내팽개쳤다. 그깟 시계 하나를 사기 위해 시간도 버리는 한심한 존재였다.

"올리기 힘든 사진들뿐이었어."

"매일 찍어도 봐주는 사람도 없고."

하지만 할 수 없었다. 내 곁에서 멀어지는 그의 모습을 상상할 수 없었다. 그래서 난 그에게 거짓말을 했다.

그런 나를 위로했다. 그리고 용기를 줬다. 하지만 그건 거짓말이었다. 난 카메라도 들고나오지 않았다. 시계를 사기 위해 카메라도 내팽개치고 온 서울을 돌아다녔다. 그때 난 버려진 시간 속에 있었다. 그가 만약 그 사실을 알게 됐다면, 그날 시계를 사러 다니는 내 모습을 창문 밖으로 보게 된 것이었다면.

첫 번째 조각을 안고 집으로 돌아왔다. 1%의 희망, 하지만 아직도 99%나 남아 있는 좌절감, 그래도 오늘은 어제보단 낫다. 어둠에 둘러싸인 방 안에서 깨져버린 한 조각의 희망이 조그맣게 빛이 난다.

아침보다 일찍 일어났다. 아무도 없는 창밖 골목길을 내려다본다. 옷을 갈아입었다. 집을 나서 거리를 걷고 싶었다. 누군가는 그런 말을 할지도 모르겠다. 내가 걷는 병에 걸린 건 아니냐고.

그런 병이라면 나쁠 것 없지 않은가, 적어도 난 꿈속을 걸어 다니고 있는 건 아니지 않는가.

땅바닥이 젖어있다. 검은색의 아스팔트 위로 붉은 가로등이 불빛을 비춘다. 그 모습을 사진으로 찍었다. 비가 내렸다. 하지만 난 비가 오는 것을 보지 못했다.

메트로의 새벽엔 스산한 공기가 맴돈다. 첫 열차가 오길 기다리는 사람이 나뿐만은 아니다. 의자에 앉아 새벽 역의 풍경을 본다. 반대편 플랫폼 의자에도 한 남자가 앉아 있다.

몸을 구부린 채로 고개를 숙이고 있다. 그런 그의 모습을 보니 괜한 걱정이 든다. 충고해 주고 싶다. 그러다 목과 허리가 굳어버릴 수 있다고.

구부정한 선로를 달리는 열차를 따라 내 몸도 창가에 기대었다. 건조한 얼굴의 사람들을 본다. 이른 새벽부터 어디론가로 떠나는 열차 안 사람들의 목적지가 궁금해진다.

열차는 땅 위로 올라왔다. 윤과 함께 걸었던 언덕길을 오르려 열차에서 내렸다.

언덕을 걷는 발걸음이 무겁진 않다. 아직 하늘은 검은색이다. 해는 아직 뜨지 않았다. 벌써 몇몇 관광객들도 보인다. 하지만 집시들은 보이지 않는다.

언덕 위의 광장으로 왔다. 광장을 둘러싼 조명 불빛들이 하나둘 꺼진다. 그리고 햇살이 비췄다. 해가 떴다. 하지만 난 다시 먼 곳을 향해 떠나가야 했다.

윤이 찬 시계의 바늘은 멈춰진 채로 있었다. 금색 테두리의 안에는 세계지도가 그려져 있었다. 그의 손목에 채워진 시계를 본다. 오래되고 낡은 시계였다. 궁금했다. 난 왜 그가 돌아가지 않는 시계를 차고 다니는지.

생일선물을 무엇을 살까 하는 고민이 머릿속을 맴돌았다. 길고 긴 생각과 고민 끝에 어느새 내 발걸음은 넓은 광장으로 닿아 있었다. 그곳에 있던 회전목마를 보곤 멈춰 섰다. 어린아이들을 태운 채 돌아가는 말과 마차를 본다. 그 모습을 보며 난 윤에게 시계를 선물하기로 마음먹었다.

낡은 시계라면 가격도 저렴하지 않을까, 온종일 돌아다니면 그런 시계 하나쯤은 찾을 수 있지 않을까.

서울을 헤매고 다녔다. 하지만 내가 살 수 있을 만한 가격의 시계는 찾기 힘들었다. 그의 생일 전날 저녁이 되어서야 겨우 가격과 디자인이 괜찮은 시계 하나를 발견했지만, 하지만 그때 난 이미 지칠 대로 지쳐 있는 상태였다. 그래도 괜찮았다. 얼마 만에 해보는 선물인가, 그리고 얼마 만에 들어보는 끈이 달린 종이 가방인가?

메트로 열차에 올랐을 때도 그랬다. 난 들떠 있기만 했다. 열차가 어두운 터널 속을 달리는 동안에도, 그 지친 몸을 창가에 기댄 채로도 행복하기만 했다. 가방을 바닥에 내려놓았다는 것이 생각날 때까지는 그랬다. 열차에서 내려 문이 닫히는 소리가 들릴 때까지도 나는 그 종이가방을 두고 내렸다는 사실을 알아차리지 못하고 있었다.

피곤한 기쁨에 젖어있는 채였다. 그에게 줄 선물을 사고 돌아오는 내 모습은 기진맥진한 행복에 취해 있었다. 내려야 할 역이 되었다. 문이 열리고 열차에서 내린 사람들의 신발이 플랫폼 위에서 이리저리 뒤엉켰다. 그리고 문이 닫히는 소리가 들렸다. 등이 차가웠다. 얼어붙은 듯 멈췄다. 그때까지도 난 윤에게 줄 선물이 든 종이가방을 두고 내렸다는 사실을 알아차리지 못했다.

메트로 직원을 찾으려다 말고 다음 열차를 기다렸다. 달리는 열차를 멈추게 할 수 없다면 그 열차를 쫓아가는 수밖에 없었다. 늦지 않게 다음 열차가 도착했고 떠나간 열차를 따라 종점까지 향했다. 종점에 도착해 상황실 문을 두드렸다. 상황실에 있는 직원들에게 지금 내 상황을 이야기했다. 조금 전에 들어온 열차에 가방을 두고 내렸다고 지금의 내 상황을 하소연하듯 말했다.

한 명의 여자 직원이 나를 데리고 정차 후 대기 중이었던 열차로 가 가방을 찾았다. 하지만 가방은 없었다. 혹시나 싶어 타고 있었던 칸이 아닌 다른 칸도 뒤지고 정차 중이었던 다른 열차들에서도 찾았지만, 종이가방은 어디에도 없었다. 그 여자 직원은 안타까운 표정으로 내 얼굴을 쳐다봤다. 그러다 연락처를 하나 줬다. 혹시나 찾게 되면 연락을 주겠다며 카드 한 장을 줬다.

하지만 쓸모없이 느껴졌다. 그녀의 말이 소용없는 위로처럼 들렸다. 그녀를 보며 웃었다. 지금 내 표정이 너무 웃기지 않냐는 듯 오히려 난 미소를 지어 보였다. 허무한 마음이 들었다. 처음 보는 사람에게 안타까운 마음을 전하는 그녀의 표정을 보니, 힘없는 웃음만 났다. 그런 내 모습이 처량하게만 느껴졌다. 마치 위로라도 받으려 했던 듯 다급한 표정을 지으며 문을 두드렸던 내 모습이 한심하게도 생각됐다.

열차의 종점에서부터 집까지 걸어오는 동안 내내 뒤를 돌아보며 걸었다. 그 직원이 달려올까 봐 그랬던 것은 아니었다. 가방을 찾았다는 기쁜 소식을 들고 뛰어오는 그녀의 모습을 상상한 건 아니었다.

'가방은 어디로 갔을까'

하지만 멀어졌다. 그리고 내가 지금 뭘 하고 있는 거지라는 생각이 다가왔다. 국가에서 받은 지원금으로 시계를 사야 할 만큼 그에게 해 줄 선물이 그렇게 중요한 것이었는지.

나는 그에게 너무 많이 나를 감췄다. 그제야 난 제대로 보이는 것이 없는 상태라는 걸 느꼈다. 그 종이가방이 정말 그렇게 중요한 것이었는지.

헛된 희망에 부풀어 엉뚱한 짓을 하고 있단 생각이 들었다. 그가 만약 그 선물을 받았다면 무슨 생각을 했을까, 그가 만약 정부에서 받은 지원금으로 산 시계를 선물로 받는다면 그는 내게 무슨 말을 했을까.

'그 가방을 가져간 사람은 누구였을까?'

그건 그렇게 버려져야 했던 건지도 몰랐다. 그래서 그건 한심한 질문에 불과했다.

'그 사람은 그 시계를 가지고 무엇을 할까?'

하지만 그의 뒷모습이 떠올랐다. 상상은 멈추지 않는 톱니바퀴처럼 돌아갔다. 반복되는 미로처럼 끝이 없었다.

종이가방을 주운 남자는 그 안에 든 조그만 상자를 뜯어냈다. 그리고 시계를 꺼내 손목에 채웠다. 그 남자의 얼굴을 상상했지만 떠올릴 수 없었다. 그의 뒷모습을 떠올렸지만, 하지만 그의 얼굴이 그려지지 않았다.

Bastille day

그 어린 북한 유학생이 부모의 나쁜 피를 물려받았다는 이유 하나 때문에 조국으로 납치되어 가다니, 웃기는 일이었다. 부모의 품으로 돌아가면서도 슬퍼해야만 하는 운명이라니.

그건 비극적인 일이었다. 기사를 읽으며 안타까움이 스며들었다. 파리 북한 유학생이 실종됐다는 기사가 나온 뒤 여러 매체에서 그의 행방에 대한 추측 보도가 무성했다. 그 어린 북한 유학생이 다른 이의 품에 안겨 있을 거라는 보도를 접했을 땐 그 불확실한 불안이 더욱 커지기만 했다. 낯선 사람의 품에선 낯선 냄새가 난다. 그곳에선 어쩌면 생각하는 것 이상의 더 짙은 괴로움이 풍길지도 모른다. 그 지독한 냄새를 맡으며 안겨있어야 한다니, 그리고 그것을 받아들여야 한다니.

북한 유학생이 다른 나라로 망명했을 것이라는 추측들이 이어졌다. 자신이 나고 자란 곳이 아닌 낯선 땅으로 향했을 거라는 사실이 진실처럼 받아들여지기 시작했다. 그 어린 유학생은 자신을 낳고 길러준 부모를 버려야 하는 운명에 처해 버렸다. 얼마 뒤 또 다른 한 매체는 실종되었다던 북한 유학생이 사건이 있은 지 얼마 후 다시 학교에 나타나 자신을 담당하던 교수를 만났다는 목격담을 전했다. 그 기사가 나올 때쯤에는 이미 그 사건은 사람들의 입에도 오르내리지 않는 일이 되어 있었다.

7년의 시간이 지났다. 북한 유학생은 그 속으로 사라졌다. 그에 대한 이야기는 더 이상 기사화되지 않았고 사람들의 입을 통해 쏟아져 나왔던 수많은 이야기들은 어디론가 쓸려간 듯 사라지고 없었다. 그 수많은 기사들은 모두 쓰레기통에 버려지고 말았다. 에펠 탑의 밤하늘엔 불꽃축제가 펼쳐졌다. 2014년 7월 14일 프랑스 혁명 기념일 행사로 파리의 거리는 사람들로 넘쳐났다.

인파들 속에 한 남자가 있다. 고개를 들어 하늘을 보는 한 명의 남자가 있다. 밤하늘의 불꽃을 바라보는 그의 시선은 먼 기억 속의 순간을 추억하는 듯 보인다. 그의 눈을 봤다. 투명한 안경 속에 비치던 그의 눈을 바라본다. 시간은 12시를 막 지나고 있었다. 빈티지 시계였다. 그에게 선물하려 했던 시계는 그리 비싸지는 않지만 희귀한 가치를 가진 시계였다. 시곗줄은 가죽으로 되어 있었다. 가죽 재킷 착용 금지 법안이 곧 통과될 것이다. 그래서 저렴한 가격에 구입할 수 있었다. 법안이 통과되기 전까지라도 그가 이 시계를 차고 다녔으면 좋겠다는 생각을 했다. 하지만 시간이 잘못돼 있었다.

아직 12시가 되려면 멀었다. 시간이라도 제대로 바꿔놔야겠다. 지금은 7시 15분이다.

하지만 그에게서 연락이 오지 않는다. 갑자기 그의 연락이 끊긴 이유는 알 수 없었다. 그는 단지 어디론가 떠나고 싶었는지도 모른다. 어떠한 것도 예측할 수 없고 확신할 수 없었다. 그건 비극적인 게 아니었다. 단지 그가 다시 돌아와 줄 거라는 희망처럼 비참한 건 없다는 것이었다.

전화기를 새 걸로 바꾸고 싶었다. 강물을 바라봤다. 강물로 던져져 가라앉는 전화기의 운명을 상상했다. 윤에게서 전화가 왔다. 다리 아래를 내려다보던 순간 전화 벨소리가 울렸다.

목에 잠겨있던 눈물이 일렁였다. 하지만 기다리고 있을 수만은 없었다. 통화버튼을 눌렀다. 그의 목소리를 기다렸다. 그리고 강을 건너는 다리의 한가운데에서 그의 목소리가 들려왔다.

"우리 언제 만날까?"

윤은 어렵게 말을 뱉어냈다. 하지만 그렇게 아무 일도 아닌 듯 끄집어낸 그 말에 그를 원망하는 것마저 포기해 버린다.

원망 같은 단어나 원망 가득한 질문 따위는 강으로 던져 버린다. 나는 시간이 많다. 내 하루의 시간들은 온종일 그에 대한 생각으로만 가득 차 있다. 그에게 모든 걸 말하고 싶다. 내가 했던 거짓말, 그에게 감춰왔던 이야기들, 숨겨온 모든 걸 고백하고 싶다. 다리의 끝에 다다라서 눈물이 글썽였다. 뺨 위로 무언가가 흘러내렸다. 그리고 지금 나를 만나러 오겠다고 말했다.

'하지만 그건.'

우리 집 근처에 있는 Bar에서 만나자고 그는 말했다. 예상치 못했던 말에 머뭇거렸다. 집 근처 Bar는 시끄럽고 요란한 음악만 흐르는 곳이었다. 입을 귀에 갖다 대고 소리를 높여 말해야 겨우 상대방의 말을 알아들을 수 있을 만한 곳이었다. 윤에게 했던 거짓말을 털어놓기엔, 그리고 감춰왔던 이야기들을 꺼내기엔 그 Bar는 잔잔한 음악 하나 깔아주지 않는 곳이다. 그런 시끄럽고 요란한 음악을 배경으로 이야기하기엔, 그리고 내 입을 그의 귀에 갖다 대 소리를 높여 말하기엔 고백이라는 것의 무게는 너무도 무겁기만 하다. 그런 곳에서 내 마음을 보여줄 수는 없을 것 같았다. 아무래도 오늘은 힘들 것 같았다. 시간도 너무 늦었다.

다음 날 밤 윤과 나는 잠실나루역 사거리에서 만났다. 잠실나루역은 네아가 사는 동네의 역이었다. 약속 시각이 되기 전에 윤이 전화를 걸어왔다. 윤은 자신의 집 근처가 아닌 잠실나루역 앞에서 만나자고 했다. 상관없었다. 그의 집 근처든 우리 집 근처든, 오늘은 그곳이 잠실나루역이라 해도 상관없다.

메트로를 타고 만나기로 한 역 앞으로 왔다. 일요일의 사거리는 조용했다. 빠르게 스쳐 지나는 차들은 보이지 않았다. 길가를 걷는 사람들의 분주한 발걸음도 보이지 않는다. 오늘은 쌀쌀함마저 느껴진다. 혼잡하게 오갔던 차들과 사람들도, 그들이 지나다니던 곳 자리에는 허전함만 맴돈다.

윤은 조금 늦었다. 메트로 역 앞에서 그를 기다렸다. 출구로 나오는 몇 명의 사람들을 바라보고 있다. 두 대의 열차가 지나간 것 같았다. 그리곤 다시 조용해졌다.

곧 세 번째 열차가 도착하는 소리가 들렸다. 역 밖으로 나오는 사람들 끝으로 그의 모습이 보였다. 윤은 멀리서부터 희미하게 미소를 지어 보였다.

우리는 교차로 모퉁이에 있는 카페로 왔다. 그곳 테라스에 앉아서 와인을 마셨다. 곧 비가 올 것 같은 날씨였다. 윤을 곁에 두고 그 거리를 바라봤다. 그 고요한 거리의 풍경을 눈에 담았다. 그리고 나를 떠나겠다고 말했다.

고개를 돌렸다. 고개를 돌린 내 얼굴을 보며 윤은 말했다. 하지만 난 아무런 대답도 하지 못했다.

윤은 눈을 떨어뜨린 채 이야기했다. 하지만 고개는 숙이지 않았다. 한 모금도 마시지 않은 와인 잔만 바라보고 있었다. 잠깐 그런 모습으로 있었다. 그러다 다시 입을 떼어냈다. 아직 할 말이 남아 있었다. 그리고 그는 하던 말을 마저 했다.

윤은 내게 대답할 틈도 주지 않고 이야기했다. 숨겨둔 이야기를 꺼냈다. 좋아했던 여자가 있었다고 말했다. 그녀가 사는 곳이 이곳 잠실나루역 근처라고 한다. 그리고 더 이상 긴 설명을 덧붙이지 않았다. 그리고 그녀에게 가야 할 것 같다고 말했다.

조금 놀랐다. 그의 마음속에 내가 아닌 다른 사람이 있었다는 사실에,

차마 볼 수가 없었다. 불현듯 꺼낸 그의 말에 고개를 들어 그의 얼굴을 보지 못했다. 허무한 느낌도 들었다. 혹시나 우리 집 근처에서 만나자고 할까 봐, 그래서 혹시 우리 집으로 오게 될까 봐 베게시트와 이불도 새로 바꿨는데.

한동안 아무 얘기도 할 수 없었다. 테라스에 앉아 있는 사람은 우리밖에 없었다. 지나가는 몇 대의 차들만이 어색한 침묵을 깨트린다. 창가 자리에 앉은 여자와 남자가 그런 우리의 모습을 바라본다.

바보 같았다. 그런 내 모습이 그들에겐 바보 같아 보이진 않을까 걱정됐다. 참 나쁜 남자였다. 그녀의 집 앞에서 작별을 하다

니, 그것도 늦은 밤에 말이다.

그렇게 긴 뜸을 들이지 않았다. 솔직하고 확실하게 이별을 말해줘서 고마울 따름이었다. 윤은 그녀에게 갈 거라고 말했다. 그런 적이 없었던 것 같은데, 난 그의 앞에서 먼 곳을 바라봐야 했다.

또 한 번 고개를 떨어뜨렸다. 그리고 다시 와인 잔을 바라봤다. 검은 와인 잔 속에 비친 슬픔이 눈동자의 끝에서 흔들린다.

돌아오는 열차 속의 사람들은 아무 말이 없었다. 창밖으로 불빛들이 보인다. 집으로 돌아오는 열차는 느렸다. 아무것도 하지 못한 채 창가에 기댄 얼굴은 늙어가기만 한다.

어둠 속에 갇혔다. 길고 긴 밤 동안 희미한 숨소리만 가득했다.

그날 날씨는 참 더웠다. 네아가 타고 간 버스를 바라봤다. 네아의 어색한 침묵만이 흐르던 곳에서, 그날 그곳에 서 있던 난 그렇게나 무더웠던 날씨에 정신을 차리지 못해 제대로 보이는 것이 없었나 보다, 그래서 그랬나 보다.

그날 나는 이상했다. 네아에게서 느껴보지 못한 감정을 느꼈다. 그날 네아는 내가 알던 네아와는 달랐다.

비참했다. 네아는 내가 윤의 이야기를 할 때마다 얼굴이 굳어버렸다. 아마도 그때 네아의 감정이 지금의 내 감정과 비슷했었을지 모르겠다. 지금이 되어서야 그 마음을 이해할 것 같다. 나는 늘 그랬다. 언제나 뒤늦게 미안한 마음이 들었다. 그렇다고 이렇게 대가를 치르게 되다니.

다음 날 밤이 되어 다시 열차를 타고 잠실나루역으로 갔다. 어젯밤 그를 만났던 곳 반대편에 있는 카페로 갔다. 그곳 테라스에 앉았다. 다시 분주해진 거리를 바라본다. 스쳐 지나가는 차들과 사람들의 풍경을 본다. 번잡한 쓸쓸함이 느껴진다.

혹시나 그가 지나가는 모습을 볼 수 있을까 기다리고 있었던 건 아니었다. 네아와 함께 그곳을 지나는 윤의 모습을 보기 위해 그곳에 있었던 건 아니었다. 누군가에게 무슨 이야기를 듣고 싶었던 것도 아니었다. 흐린 하늘에서 비가 내렸다. 단지 그게 궁금할 뿐이었다. 하늘에서 내리는 비는 내 눈물인지 아니면 그의 눈물인지 그게 알고 싶을 뿐이었다.

창가에 기댔다. 집으로 돌아오는 열차의 창문은 빗물에 젖어 있다. 앞이 보이질 않는다. 뿌옇게 번진 불빛들을 바라본다. 집으로 돌아와 몸을 뉘었다. 힘을 잃고 쓰러진 몸은 바닥에 얼굴을 댄 채로 숨을 쉰다. 아직 살아있다. 다행이다. 바닥에 닿은 한쪽 귀로 살아있는 숨소리가 들린다. 천장으로 향해 있는 귀에서는 아무런 소리도 들려오지 않는다. 내 몸의 절반은 이미 굳은 채로 움직이지 않는다. 그에게 기대있었던 몸은 이제 죽어버린 듯 움직일 수 없다.

바닥이 너무 차가웠다. 그땐 그런 생각만 들었다. 나중에 돈이 생기면 우리 집 바닥을 나무로 바꿔야겠다.

그 메시지를 확인하는 데에는 몇 달의 시간이 걸리든 혹은 몇 년의 세월이 지나든, 그가 손에 잡히는 일이 없을 정도로 무료해 하는 어느 때가 되어야만 그가 그 메시지를 볼 거라고 예상할 수 있었다. 그의 삶이 복잡하고 바빠 그것까지도 뒤져낼 만한 시간은 없다고 생각되진 않았고, 다만 그의 삶 속에는 의외로 공간이 많아 어느 때가 되면 분명히 그 메시지를 확인할 것이라는 확신 또한 가졌다.

몸을 일으켜 세웠다. 그리고 컴퓨터 앞에 앉았다. 나는 그에게 장문의 메시지를 보냈다. 사랑과 동정을 구걸함에도 부끄러울 것이 없는 고백들을 열거했다. 하지만 답장은 없었다. 누가 그렇게 진지하고 심각하기까지 한 말에 대답할 수 있단 말인가.

그의 마음을 확인할 길은 없었다. 몇 달의 시간이 걸리든 몇 년의 시간이 지나든 그가 그 메시지를 확인했을 거라는 확신은 가질 수가 없었다.

"총을 구할 수 없을까?"
"왜?"

"누굴 죽이려는 건 아냐."

"나를 죽이려는 것도 아니고."

"그럼 누굴 죽이려고?"

"머리맡에 놔두고 자려고, 언제라도 내가 원할 때 스스로 쏠 수 있게."

"그런 생각으로 잠들려고."

Sleep with a gun

어두운 길의 끝에 켜진 불빛을 따라 네온 십자가가 그려진 건물로 다가간 발걸음은 열려 있던 교회의 문틈 사이로 검은 그림자를 드리웠다. 오래된 벽면이 흘린 눈물 자국도, 누군가가 그 위에 덧칠해 놓은 그림도, 두 손을 모으고 기도문을 외우는 소녀의 간절한 촛불에 가려 보이지 않는 것 같았다.

텅 빈 교회에 홀로 앉았다. 그을려 가는 사랑의 끝을 미루고자 의자에 몸을 기댔다. 잠이 왔다. 생각도 많이 하면 피곤한가 보다, 아무도 없는 교회 한 가운데의 의자에 앉아 나도 모르게 잠이 들어버렸다.

꿈속에선 예수가 나타나지 않았다. 다가갈 수 없을 만큼 커다란 존재가 곁에 다가와 귓속말을 속삭이지도 않았다. 나를 구원해 줄 누군가가 날 깨워주지 않았다.

"문 닫을 시간이야."

누군가가 어깨를 툭툭 쳤다. 등이 굽은 백발의 할머니가 나를 깨웠다. 희미하게 눈을 뜨고 할머니의 얼굴을 올려다봤다.

주름들이 선명해졌다. 손으로 얼굴을 몇 번 닦고 일어났다. 옆에 둔 가방을 들어 올렸다. 케케묵은 냄새의 교회 안은 바람 하나 불지 않는 싸늘함만 맴돈다. 말라 비틀어질 것 같은 가슴에 손 한번 뻗지 않는 신의 존재를 탓하진 않았다. 그을려 가는 사랑의 끝을 보고만 있는 누군가를 탓할 수는 없었다. 스스로 그렇게 말하지 않았나…. 잠시 미루는 거라고.

뒤를 돌아봤다. 등이 굽은 백발의 할머니는 문을 닫기 전 느린 걸음으로 교회에 있는 물건들을 하나씩 살펴봤다. 한동안 그렇게 그 할머니를 보고 있었다. 하지만 내가 서 있는 쪽을 향해 고개를 돌리지는 않았다.

교회의 건물 뒤로 햇볕이 들었다. 그리고 날씨가 개어갔다. 하늘이 맑아졌다. 어두웠던 길도 밝아졌다. 하지만 나와는 상관없는 일이었다.

더 이상 고개를 돌려 뒤를 보지 않았다. 맑은 하늘 아래의 풍경을 바라보고 싶지 않았다. 나와는 관계없는 일이었다. 교회의 창문이 아름다운 색깔로 반짝이는 건 꿈속에서나 일어날 일이었다.

'내가 왜 그 사람을 미워하고 있는 걸까, 왜 나는 그 사람의 고통을 상상하고 있는 걸까?'

똑바로 누워서 잘 수가 없다. 가슴속에 무언가 커다란 게 심장을 눌러 숨을 쉴 수가 없다. 옆으로 돌아누웠다.

꿈을 꿨다. 풀밭에는 어린 사슴이 쓰러져 있었다. 사슴은 이미 죽은 채로 숨을 쉬지 않았다. 십자 모양으로 갈라진 가슴에는 누군가가 도려내어 간 듯 심장이 보이질 않았다. 피로 물든 가슴 위의 십자가를 내려다보며 기도하듯 두 손을 모았다. 하지만 난 예수를 믿지 않는다. 사슴의 가슴에 새겨진 흉터를 보며 그를 떠올리지는 않았다. 창문 밖의 불빛이 어렴풋이 비치는 어두운 방 안에서 내가 할 수 있는 일은 기도하는 일밖에 없었다. 하지만 그건 예수를 위한 게 아니었다.

"바다를 본 적 있어?"

루나에게 물었다. 서울에서 살면서 무슨 쓸모없는 질문이냐는 표정일지도 모르겠다. 사방이 막혀버린 이 도시에서 무슨 꿈을 꾸냐며 되물을 것 같다.

루나의 얼굴을 봤다. 바다를 보고 싶은 것뿐이었다. 어두운 밤 바위 위에 앉아 달빛이 반짝이는 바다에 발을 담근 채 물을 튕겨내며 이야기 하고 싶은 마음뿐이었다. 오래전 루나와 함께 있었던 그 바다에서의 추억이 떠오른다.

함께 물장구를 치던 모습을 떠올린다. 물이 튀고 그래서 눈이 감기고, 그 오래된 기억의 파편이 눈앞에서 아른거린다. 우리는 바다를 본 지가 너무 오래된 걸까, 그래서 본 적이 없었다고 믿고 싶었던 걸까.

루나는 심각한 표정으로 나를 쳐다봤다. 하지만 난 더 이상 아무 말도 하지 못했다. 다시 먼 곳을 바라봐야 했다. 루나는 나를 쳐다보고 있었다. 그런 나를 보는 루나의 모습이 느껴졌다. 하지만 나는 아무 말도 하지 못한 채 다시 고개를 떨궈야만 했다.

내 방구석에 쓰레기들이 쌓여간다. 버릴 때가 되었지만 버리지 못한 쓰레기 더미들이 눈을 어지럽힌다. 힘겹게 일어나 쓰레기들을 모았다.

뒷마당으로 갔다. 오늘은 아이들이 보이지 않는다. 울타리에 엉겨 기대 붙은 꼬마들이 오늘은 말을 걸지 않는다. 텅 빈 놀이터 한가운데의 나무만 본다. 나무는 나이가 들어 껍질이 조금씩 벗겨져 있다. 그 커다란 나무도 이젠 늙어 주름이 졌다.

'제발… 정리 좀 해.'

버릴 것은 버려야 한다. 맞다. 네아의 말이 맞았다.

쓰레기통엔 쓰레기들이 넘쳐 바닥으로까지 떨어져 있다. 버릴 것은 많은데 도무지 공간이 없다. 낡은 가죽 구두 사이로 봉지 하나가 들어갈 만한 여유가 보인다. 다리가 부러진 나무 의자 사이에 텅 빈 물병들을 끼워 놓을 만한 공간이 있다. 하지만 아이들은 보이지 않았다.

울타리 너머의 나무를 가까이서 보고 싶었다. 하지만 볼 수 없었다. 내겐 너무도 낮은 담이었지만 넘어갈 수 없었다.

그때 그 호주 아이의 눈을 보고 싶었다. 하지만 그 아이가 서 있는 곳은 너무 멀게만 느껴졌다. 그래서 상상할 수 없었다. 그날 이젠느의 연주는 슬퍼 보였다. 찢어진 청바지와 구겨지고 색이 바랜 티셔츠.

가지같이 가녀린 팔이 그 무거운 소리를 지탱하고 있다. 조금씩 뜯겨 속이 보이기 시작한 베이스 기타에서 깊은 소리가 울린다. 윤의 미디어에 사진 한 장이 올라왔다. 그리고 그의 품에는 한 명의 여자가 안겨 있다.

그 여자는 행복에 빠진 표정으로 미소를 짓고 있다. 윤의 품에 안겨 있는 여자의 팔은 가녀려 보인다. 창백할 만큼 하얀 피부를 가진 여자였다. 슬펐다. 그녀와 함께 있는 그의 사진이 행복해 보였다. 그녀가 그와 잘 어울려 보여 내겐 슬픈 사진처럼 느껴졌다.

'게이시, 약 좀 더 주세요.'

붉은 해가 다리 위를 비춘다. 하지만 고개를 돌릴 틈은 없다. 늦은 저녁이었다. 난 뒤도 돌아보지 않고 약국으로 향했다. 다리를 건너 그리고 약국 앞에 도착했을 땐.

하지만 문이 닫혀있었다. 간판불도 꺼져 있고, 안을 들여다봐도 불이 꺼진 채로 아무도 보이지 않았다.

약국 앞을 서성였다. 이런 내 모습을 보면 그들은 놀랄지도 모르겠다. 마돈나와 게이시는 그런 표정을 지을지도 모르겠다. 너는 이 정도로 약이 필요하진 않잖아 라며 의아한 듯 물을지도 모른다.

'간절해졌어요.'

약국 문 앞에 털썩 주저앉고 말았다. 닫혀있는 문에 기댄 채 고개를 뒤로 젖혔다. 어두워진 하늘만 바라본다.

어디선가 젠티안 냄새가 난다. 골목길 끄트머리 조명 등 아래에 누군가의 모습이 비쳤다. 여자 같은 남자였다. 저 멀리서부터 걸어오는 모습이 보인다. 화장이 번진 붉은 입술의 남자가 약국 앞을 지나고 있다. 그리고 나를 보곤 멈춰 섰다.

불이 꺼져 있는 약국 안을 확인하더니, 그리고 그는 내 옆으로 다가왔다. 마돈나와 게이시가 휴가를 떠났다고 말했다. 그리고 그는 나를 걱정스러운 표정으로 쳐다봤다.

난 아무런 대답도 하지 않았다. 그런 내 모습을 보며 그는 생각에 잠긴 듯했다. 그리곤 몸을 더욱 낮춰 속삭이듯 말했다. 약이 필요하냐고 물었다. 고개를 들었다. 그의 말에 처음으로 그의 눈을 마주쳤다.

간절해진 표정으로 그를 올려다봤다. 그는 내 얼굴을 내려다봤다. 그는 여전히 측은한 표정을 짓고 있었다. 그리곤 나를 일으켜 세워 자신의 집으로 데리고 갔다.

그는 다리가 불편한 사람이었다. 약국에서 봤던 모습이 어렴풋이 생각이 난다. 다리를 꼬고 앉았던 모습이 기억난다. 그래선지 두 무릎은 서로 닿을 듯이 안쪽으로 꺾여져 있었다.

나무 바닥이 삐거덕거린다. 그의 불안한 다리가 그의 집 바닥 위를 걷는다. 검은색과 붉은색이 섞인 아라베스크 문양의 카펫이 거실 가운데에 깔려있다. 하얀색의 커튼들로 가려져 창문 밖은 보이지 않았다. 흰 천으로 덮인 낮은 책장과 탁자들 위에는 양초들이 불이 켜진 채로 놓여 있다. 그리고 온 집 안은 젠티안 냄새로 가득 차 있었다.

그의 이름은 트위기였다. 트위기는 커피를 한 잔 타왔다. 엉거주춤한 자세로 물을 끓이고 무언가를 만지작거리고 있다.

몸을 덮은 녹색의 천에선 먼지마저 날릴 듯하다. 모자가 달린 걸 보니 옷인 듯했다. 트위기는 커피를 타 가지고 와 탁자 위에 내려놓았다. 그리곤 다시 구석 즈음으로 걸어가더니 나무 상자 앞에 쪼그려 앉았다. 그는 바닥에 놓인 상자 안을 뒤적거리고 있었다. 그리고 익숙한 봉투 하나를 꺼내 들어 몇 개를 가지고 왔다.

그의 눈을 마주칠 수가 없었다. 그래서 고개를 들지 않았다. 그러다 가끔 한 번씩 쳐다봤다.

"하나만 가져가면 될 것 같아요."

촛불에 비친 그의 얼굴을 보며 말했다. 그래도 그는 몇 개를 더 앞으로 밀어 놓는다. 고마운 사람이었다. 그러고 보니….

나는 미량의 정신안정제만으로도 살 수 있었다. 나는 트위기보다, 그리고 약국에서 마주친 정상적이지 않은 사람들보다 정상적인 사람이었다. 하지만 더 이상은 아닌 것 같다. 적어도 그의 앞에서는 말이다.

그는 집을 찾은 손님에게 커피 한 잔 대접해 줄줄 아는 예의 바른 사람이었다. 단 한 번밖에 본 적이 없는 사람에게 선뜻 자신의 약을 건네줄 줄 아는, 그는 친절한 사람이었다. 트위기는 정상적인 사람이었다. 그는 내 짧은 말 한마디에도 귀를 기울였다. 그리고 내가 짓는 표정 하나하나에도 눈을 떼지 않았다.

무슨 말을 하고 있는지도 알고 있는 듯했다. 내 짧은 말 한마디, 그리고 작은 표정 변화 하나에도 내 마음을 모두 읽어낸 듯 고개를 끄덕이고 있었다.

나는 이제 비정상적인 사람이 되었다. 이 비정상적이었던 사람의 약을 빌려 가는 비정상적인 사람이 되었다. 약이 필요했다. 나를 깊은 잠 속으로 빠뜨려 줄 약이 나는 간절했다. 약이 없으면 잠들 수 없을 것 같았다. 걷고 싶었다. 잠에서 깨 일어나 어디론가 걸어가고 싶었다. 하지만 그럴 수 없을 것 같았다.

나는 이제 절름발이다. 구겨지고 비틀어진 내 다리는 이제 똑바로 걸을 수 없는 지경에 이르렀다.

잠을 자고 일어나니 정신이 들었다. 어젯밤 난 트위기에서 받아온 약으로 잠을 청했다. 어제 난 도대체 그의 집에서 뭘 하다 온 건지 모르겠다. 하루가 지난 뒤에 찾아온 후회가 문득 거울 앞에 드리워져 있다.

다음 날이 되니 그의 얼굴을 다시 떠올리기가 싫어졌다. 여전히 똑바로 쳐다보기가 힘들었던 그의 얼굴이 떠오른다. 화장실에 가서 속에 있던 것들을 토해냈다.

세면대는 시커먼 색으로 칠해졌다. 생각해보니 어제 먹은 건 그가 타 준 커피 한 잔뿐이었다. 입을 씻었다. 배가 고팠다. 거울에 비친 얼굴을 보니 먹을 것이라도 사와야겠다는 생각이 든다.

밖으로 나왔다. 서늘한 공기가 셔츠 틈 사이로 스며든다. 집 밖의 풍경은 어딘가 달라져 있는 듯했다. 빌딩 위로 보이는 구름의 모습이 변해있는 것 같았다. 가을의 하늘에서 가을의 정취가 느껴진다. 바람이 불어서도 날씨가 서늘해져서도.

그저 계절이 바뀐 것뿐인 것 같다. 변한 건 그것밖에는 없는 것 같다. 빵집으로 가려다 말고 발걸음을 돌렸다.

그날 네아를 따라 타고 간 버스를 떠올렸다. 이젠느를 만나러 가기 위해 갔던 그 길의 풍경을 떠올렸다. 잠실나루역 사거리로 가는 버스였다.

나는 그날 버스 창밖 풍경 한 번 제대로 보지 않았다. 그래서 그때 그곳의 풍경이 그려지지가 않았다. 먹을 것을 사려다 말고 버스에 올랐다. 그날 그 버스가 지나간 길의 창밖을 떠올리고 싶었다.

버스를 타면 멀미가 난다. 그래서 난 버스 타는 걸 좋아하지 않았다. 하지만 그날은 멀미하지 않았다. 그렇지만 오늘은 속이 울렁거린다. 그때 그 길이 이렇게 굽이쳐져 있었는지 몰랐다. 오늘 버스를 모는 운전기사는 안 좋은 일이라도 있는 것 같다. 그날 버스를 몰던 운전기사에겐 좋은 일만 가득했나 보다, 그런 생각이 든다.

윤이 말한 여자는 네아가 아니었다. 윤이 그녀에게 갈 거라고 했던 곳은 네아의 집이 아닌 이젠느의 집이었다. 그 곳은 네아 가 사는 곳이 아니라 이젠느가 사는 집이었다. 그렇다고 아픔이 사라진 건 아니었다. 어쨌든 잠실나루역 근처인 건 마찬가지다.

멀미가 난다. 하지만 버스에서 내리지는 못한다. 나는 이제 잠실나루역에서 벗어날 수 없는 처지가 됐다. 그때 윤의 마음속에 살고 있었던 여자는 이젠느였다. 사진 속 윤의 품에 안겨 있던 여자는 네아가 아니었다.

그 팔은 네아의 팔이 아니었다. 가지처럼 가녀린 팔이었다. 그때 Bar에서 베이스 기타를 연주하던, 그 창백할 만큼 하얀 피부를 가진 여자는 네아가 아닌 이젠느였다.

윤의 품에 안겨 있는 이젠느의 표정이 행복해 보였다. 그녀의 얼굴이 그의 가슴에 잘 어울려 보여 그 사진이 내겐 슬프게만 느껴졌다.

내가 있었던 곳은 현실이 아니었다. 나는 홀로 꿈속을 걸어 다닌 것이었다. 그 길고 긴 좁은 골목길들을 지나와 만난 곳은, 하지만 바다가 아니었다.

더 이상 꿈을 꾸고 싶지 않았다. 꿈의 의미를 찾는 일도 무의미해져만 갔다. 잊고 싶었다. 어젯밤 꿨던 나쁜 꿈은 지워버리고 오늘 밤 찾아올 좋은 꿈을 그리고 싶다.

네아는 내가 엉뚱한 생각을 할까 봐 그랬는지 그즈음에는 집으로 찾아오는 횟수가 늘었다. 가끔 컴퓨터를 켜 보곤 이젠 데이터 더미들이 그리 많이 쌓여 있지 않은 걸 확인하고 그나마 다행스러운 표정을 짓기도 했다.

네아는 탁자에 기대 몸을 앞으로 기울였다. 어떤 이야기 하나도 흘려 듣지 않기 위해 내게로 귀를 기울이고 있었다. 그 모습이 성가시게 느껴졌다. 네아의 몸을 내게서 떨어뜨려 놓고 싶었다. 네아는 마치 나를 위로라도 하려는 듯 밝은 목소리로 말했다. 그리고 희망적인 이야기들을 늘어놓았다.

듣고 싶지 않았다. 의자에 등을 기댔다. 그리고 난 그렇게 말해주고 싶었다.

'위로, 그런 건 필요 없어.'

어차피 귀는 두 개다. 그렇게 열심히 들어봤자 결국 한 쪽으로 흘려버릴 것이다. 그래서 그건 소용없는 일이라고 말해주고 싶었다.

네아를 짜증스럽게 대했다. 하지만 차가운 표정을 지으며 화를 낼 수는 없었다.

여전히 내겐 네아가 필요했는지도 모른다. 네아마저 내 옆에 없다면 아마 난 정말로 네아가 상상했던 엉뚱한 짓을 할지도 몰랐다. 묻고 싶은 마음이었다. 혹시 이젠느가 나에 대한 이야기를 했는지, 그날 내가 떠난 뒤 이젠느가 나에 대해 이것저것 물어보진 않았는지 물어보고 싶었다. 네아는 말했다. 그런 내 질문에 이젠 소리를 높여 말하는 것도 지친 듯했다. 아직도 잠에서 깨어나지 못한 나를 흔들어 깨우다 이젠 그것마저 힘에 부친 듯 차갑게 말했다.

네아는 단호하게 이야기했다. 의자에 등을 기대고 앉아 냉정한 목소리로 말했다. 그리고 진실을 털어놓았다. 윤과 이젠느는 오래전 사랑을 나눴다고, 그렇게 그들의 과거에 대한 이야기를 꺼냈다.

그 말은 꼭 내게 윤을 포기하라는 말처럼 들렸다. 오래전 그들은 이미 먼저 사랑을 나눴으니 그러니 이제 미련을 버려야 한다는 소리처럼 들렸다.

하지만 네아는 다시 스스로를 진정시켰다. 그리고 다시 힘겹게 입을 떼어냈다.

"밥은 먹었어?"

나는 입안이 다친 듯 입술이 불룩해져 있었다. 아무것도 먹고 싶지 않았다.

난 이제 네아의 말이 들리지가 않았다.

"며칠 지나고 봐."

"아몬드 크루아상 사올게."

네아는 날 달래주고 싶었던 것 같다. 하지만 난 네아의 말에 위로를 얻을 수 없었다.

의자가 바닥을 긁는 소리가 들렸다. 네아는 바닥에 두었던 가방을 들고 일어났다.

'네아가 그 빵집을 알고 있을까?'

그리곤 문을 열고 나갔다. 네아가 떠나고 난 뒤의 정적을 바라본다. 난 그런 네아가 원망스러웠다.

그들에 대한 과거에 대해서 좀 더 일찍 말해줬더라면. 그 사실만이라도 내게 알려줬었더라면.

하지만 네아는 이미 떠나고 난 뒤였다.

'히잡을 쓴 종업원이 있는 빵집을 네아는 찾을 수 있을까?'

난 네아에게 그 빵집이 어디에 있는지를 가르쳐 주지 않았다. 네아의 뒷모습이 문 앞에서 어른거렸다. 하지만 난 네아에게 어떤 말도 해줄 수가 없었다.

그때 난 왜 그가 우리 집으로 오는 것을 겁냈을까, 늦은 밤 우리 집 근처 Bar에서 술 한잔을 마시고 싶다고 했던 그에게 난 왜 그냥 돌아가라는 듯이 차갑게 말을 했을까,

나는 할 말이 없었다. 일방적인 이별 앞에 억울함을 호소할 만한 자격이 지금 내겐 없다. 우리 집은 형편 없었다. 이불은 보잘것없었고 베게는 약 냄새가 배어 누군가의 코를 갖다 대게 할 수 없었다. 우리 집은 작고 초라했다. 그런 집으로 그를 초대할 수는 없었다.

나에게 잘못이 있었다면 그건 그가 우리 집으로 오고 싶어할 거라는 것도 생각하지 못했던 것이었다. 누군가가 내 방으로 들어오고 싶어한다는 걸 상상할 수 없었던 건 내 잘못이었다. 윤이 살던 방은 내가 사는 방과는 달랐다. 그가 덮고 자는 이불은 깨끗했고 그가 베고 자는 베개에선 약 냄새가 나지 않았다.

나는 어쩌면 그와 연인이 될 수 없는 운명인지도 몰랐다. 인연이라는 두 글자를 뒤집기에는 우리의 삶은 너무도 달랐던 건지도 몰랐다. 그래서 그가 떠났는지 모른다.

윤의 미디어에 올려진 내 사진을 봤다. 그는 아직 그 사진을 지우지 않고 있었다. 그게 나를 위한 배려인지는 모르겠다. 다행으로 불러야 할지 불행으로 불러야 할지 헷갈린다.

윤의 미디어 속 내 사진은 마치 오래된 종이 신문 속 한켠에 남겨진 것처럼 뿌옇고 흐릿한 모습으로 남아 있다. 그의 미디어에 남은 화려했던 내 사진은 빛을 잃은 채로 멈춰있다. 윤은 이젠느를 다시 만나기 위해 나에게 접근한 건지도 모른다. 나는 방어체계 구축 프로그램이 없었다. 스스로를 보호할 방어막이 없다는 건, 그래서 앞으로 다가올 시련들을 예측할 수 없다는 사실은 그건 어쩌면 치명적인 것이었는지 모른다. 그는 그런 내 허점을 이용했던 것이었다. 방어막이 없는 내 컴퓨터 속으로 침투해 들어와 정보들을 수집하고 미디어에 올려진 내 사진들을 분석해 다가온.

그는 이젠느의 마음을 돌리기 위해 나를 이용했던 것 같다. 그래서 황금나침반에서 자신의 카메라로 내 사진을 찍었던 것 같다.

그는 나무 뒤에 숨어 사냥감을 찾았던 것이었다. 나는 단지 그 나무 앞을 지나가다 사냥감이 되었을 뿐이었다. 그는 나를 향해 초점을 맞췄다. 내가 찍은 사진들은 특별할 것이 없었다. 그래서 내 미디어를 찾는 사람들도 없었다. 내 미디어에 올려진 사진들은 사람이 다니지 않는 밤거리에 전시된 처량한 그림들과 같았다. 그곳을 찾는 사람은 없다. 그 거리에는 사람이 없었다.

내가 있던 거리는 쓸쓸한 거리였다. 쓸쓸한 거리에는 사람이 찾아오지 않는다. 나는 외로웠다. 그래서 그가 내게 다가왔는지 모른다. 그리고 떠나버렸다. 윤은 이젠느와 다시 사랑하기 위해 나를 이용했던 건지 모른다.

약국은 다시 문이 열려 있었다. 유리문 안으로 마돈나와 게이시의 얼굴이 보인다. 반가움마저 들었다.

게이시는 내가 그토록 자신을 기다렸다는 걸 알지 못한다. 마돈나는 오랜만에 손에 잡힌 일거리들에 적응이 되지 않는 듯 내게 눈길을 줄 틈도 없어 보인다.

"그건 어디에 있지?"

마돈나는 진열대 깊숙이 손을 넣어가며 뒤적이지만 약을 찾을 수 없다. 정리된 약을 봉투에 담고 있던 게이시는 마돈나를 향해 돌아보지도 않고 되묻는다.

"나르시스? 거기 없어? 제일 끝 세 번째 칸에."

엉뚱한 곳에서 찾고 있었는지 마돈나는 게이시의 말을 듣고는 방향을 바꿔 오른쪽 끝 진열대로 향한다.

"아 맞다, 여기 있었지."

약을 기다리고 있던 손님의 기침 소리는 마돈나를 재촉했다. 게이시는 마돈나에게 넘겨받은 약을 봉투에 담았다. 손님 한 명이 빠져나가고 내 차례가 왔다.

게이시가 나를 불렀다. 약을 챙겨 넣으며 게이시는 미소 지었다. 살이 왜 이렇게 빠졌어요, 얼굴이 핼쑥해졌어요라는 등의 사교성 넘치는 말은 기대할 수 없었다. 그는 내게서 어딘가 달라진 모습을 발견해내기보다는 그나마 정상적인 나를 보며 조금 더 반가워해 주는 정도였다. 하지만 나는 이제 비정상적인 사람이 되었다. 약국을 나서는 다리가 절뚝거렸다. 골목길들도 다시 눈앞에서 흩어지고 갈라졌다. 마돈나의 미소가 떠오르지 않는다. 게이시가 입은 하얀 가운도 이젠 생각나지 않는다.

Jardin Aux Lilas

　절뚝거리는 다리라도 행복했다. 깊은 잠을 잘 수 있는 밤을 향해 걸어갈 수 있다는 게, 어렴풋이 기운을 내본다.

　6일치의 약을 챙겨 넣으면 가방이 불룩해져 움직이지 못할 정도의 포만감은 느끼지 못했다. 하지만 오늘 밤을 편히 보낼 수 있다는 안정감과 내일 아침이 눈부실 거라는 기대감에 부풀어 가벼워졌다. 골목들의 끝을 돌 때마다 마주 오는 사람들을 스친다. 흔들리고 부서지던 강의 다리에도 그조차도 낭만적일 정도의 바람이 불어온다. 오르막길을 걸어 오른다. 카메라가 든 가방이 무겁다. 이 낡고 무거운 구식 덩어리를 안고 있는 가죽가방은 발걸음을 더욱 느리게 한다.

　벗은 몸의 생명들이 길 위에 수없이 나열되었다. 초라하고 보잘것없는 생명들이 길 위에 버려진 채 숨 쉬고 있다. 의미 없는 걸음이었다. 그것들을 줍다 보면 하루가 가기 마련이었다. 아무런 옷을 입히지 못할 때도 있고, 그렇다고 실망만 할 수는 없기에 내일도 걸어야 한다.

서울의 건물들이 장난감같이 작아 보인다. 그 풍경을 찍었다. 카메라에 담은 그 수많던 고민이 조그맣게만 느껴진다. 하지만 내려오면 그대로다. 올라와서 작아 보이던 것들이 내려오면 다시 커 보인다. 그래서 다시 오른다. 하지만 또 내려오기를 반복한다. 참 바보 같은 삶을 살고 있다. 아무 의미 없이 걸으며 아무 의미 없는 사진을 찍는다. 그런 바보 같은 일들을 반복하면서 살아간다.

하지만 기억하고 싶다. 그래서 추억하고 싶었다. 그래서 좋아하게 된 건지도 모른다. 서울을 내려다볼 수 있는 이 가파르고 또 가파른 오르막길.

무릎이 시리다. 하지만 아직 내겐 5일치의 약이 남아 있다. 지금이 가장 좋을 때다. 높은 빌딩들이 보인다. 그 빌딩들 사이로 불어오는 바람을 내려다본다.

"오늘 밤엔 편히 잘 수 있을 거야."

Bar의 조명등이 번진다. 그 불빛들을 보다 로렌의 얼굴을 바라본다. 로렌에게 묻고 싶었다. 너의 눈에도 흐릿하게 보이냐고,

사진을 찍어서 보여달라고 해야 할지, 아니면 그림을 그려서 말해달라고 해야 할지 모르겠다. 로렌의 눈에는 어떻게 보일지

모르겠다. 불빛이 번진 건지 흐릿해진 시선 때문인지.

의자에 앉아 두 무릎을 팔로 끌어안은 채 조명등을 바라보는 로렌이다. 로렌의 얼굴이 보고 싶었다. Bar를 찾았다. 키르 한 잔을 두고 테이블에 앉았다. 하지만 로렌은 오늘따라 옆 테이블에 앉은 사람들과 이야기를 하느라 정신이 없다. 그 모습을 옆에서 훔쳐보기만 한다. 멀찌감치서 로렌의 얼굴을 바라보기만 한다.

탁자 위엔 새로운 꽃이 놓여 있다. 로렌의 엄마는 늘 그렇게 꽃을 다듬어 탁자 위에 한 송이씩 두 송이씩 올려 두곤 했다. 그게 유리병 속일 때도 있었고, 그냥 컵 같은 데다가 아무렇게나 꽂아 놓은 적도 있었다.

오늘은 보라 색깔로 된 조그만 부츠 하나가 탁자 위에 놓여 있다. 그리고 그 속에 하얀색의 꽃들이 꽂혀있다. 부츠에 코를 갖다 대 꽃 냄새를 맡는다. 그런 내 모습을 보는 누군가의 시선이 느껴진다.

로렌의 엄마는 민트를 다듬고 있었다. 그러다 눈이 마주쳤다. 로렌의 엄마는 꽃 냄새를 맡고 있는 내 모습을 보다, 다시 고개를 돌렸다. 그런 그녀의 모습이 누군가를 닮은 듯했다. 로렌도 나도 그리고 로렌의 엄마도, 우리는 서로의 시선이 부딪힐 때를 느낀다. 로렌의 엄마는 로렌과 닮았다. 그런 로렌의 모습은 나와도 닮은 듯하다. 하지만 외면했다. 그렇게 스친 뒤 다시 고개를 돌리곤 했다.

라일락 꽃이 피어 있다. 푸른 풀밭 위로 나비가 꽃을 찾아다니는 조용한 풍경의 정원이다. 잔디밭에 몸을 기대 눕혔다. 그리고 눈을 감은 채 음악을 듣는다.

귓속으로 들려오던 음악 소리가 몸속으로 퍼져 나간다. 기린의 목처럼 늘어난 멜로디가 머릿속을 이리저리 떠다닌다. 그 서글픈 멜로디의 음악 소리는 땅 밑으로 연결된 선들을 타고 빠른 속도로 빨려 들어간다.

정원의 아래에선 화려한 파티가 열리고 있었다. 뒤섞이는 이야기들 사이로 와인 잔을 들고 있는 한 남자가 보인다.

그는 한 여자에게로 다가간다. 남자를 바라보는 그녀의 시선은 흔들린다. 그는 그녀의 가는 손가락을 자신의 손바닥 위에 얹으며 그녀의 볼에 얼굴을 갖다 댄다. 그리고 그녀의 귀에 입술을 바짝 갖다 대었다.

그는 달콤한 말들을 속삭인다. 파티장에 있던 사람들은 짝을 지어 춤을 추기 시작했다. 그들은 서로에게로 다가갔다. 파티장의 분위기는 무르익어 갔다. 그들은 키스를 했다. 그리고 점점 더 난잡한 행위들을 하기 시작한다.

귓속에서 울리는 멜로디를 따라가다 그곳 가운데 테이블 위에 놓여 있던 잔 속으로 추락했다. 그리고 귓속으로 물이 들어오기 시작했다. 시커먼 물속에 빠져 허우적거렸다.

남자는 옷을 벗어 던지고 셔츠 단추를 풀었다. 그의 바지를 벗겨 내린 그녀는 남자를 애무했다. 남자는 고개를 젖히고 눈을 감았다. 여자의 입술에 립스틱이 번졌다. 그는 다시 여자를 일으켜 세웠다. 그리고 위치를 바꿨다. 그녀가 입은 옷을 벗겨 내리며 테이블 위에 눕힌 채 거칠게 몰아 붙였다. 테이블 위에 놓여 있던 병들과 잔들은 아래로 떨어져 요란한 소리를 내며 깨졌다.

잠에서 깼다. 검은색의 물들을 토해내듯 뱉어내며 눈을 떴다. 따가운 햇살이 얼굴을 비춘다. 몸을 일으켜 세워 앉았다. 숨을 헐떡거리며 주위를 두리번거렸다. 나비가 눈 앞을 지나간다. 나비의 날개는 무거워진 듯했다. 푸른 풀밭을 날아다니던 그 나비는, 하지만 다시 보니 검은색 나비였다.

서츠 소매의 단추 매듭 사이로 하얀색 실이 끼어 있다. 내 검은색의 셔츠에 그녀의 흔적이 남아 있다. 메트로 역 안에서였다. 어떤 여자의 어깨를 치고 지나갔다. 나는 그때 하얀색 스웨터를 입은 여자와 부딪히고 말았다. 하지만 돌아볼 틈이 없었다. 그때 난 시간이 없었다.

분위기 좋은 레스토랑을 찾아야 했다. 시간이 모자랐다. 윤의 생일 저녁을 함께할 레스토랑을 찾느라 난 그녀에게 사과도 하지 못한 채 와버렸다. 서빙고동에 가고 싶은 곳이 있었다. 처음부터 그곳을 떠올렸지만, 더 나은 곳이 있을까 서울을 뒤지고 다녔다. 결국 그 레스토랑보다 좋은 곳을 찾지 못해 다시 서빙고동으로 오게 되었을 땐, 그때 난 이미 체력이 완전히 바닥이 나 쓰러질 것만 같은 상태였다.

하지만 웃었다. 레스토랑 창문으로 그 안을 들여다봤다. 창가 자리에 앉은 두 남자의 모습이 보였다. 주변 테이블에 앉은 사람들의 대화소리 같은 건 들리지 않을 한 남자가 마주 앉은 남자의 눈을 바라보고 있다. 날이 저물어 창문으로 불빛들이 비친다. 서울의 밤은 아름답다. 그 아름다운 불빛들 사이로 그때의 지친 미소가 비춘다. 그 모습을 보며 입꼬리를 따라 올린다. 창문에 비친 남자의 얼굴을 보며 그가 짓는 미소를 따라 한다. 이 남자의 얼굴도 어느새 많이 어두워졌다. 그 어두운 표정의 남자는 다시 그 곳을 떠나 어디론가를 향해 걸어간다.

횡단보도를 건넜다. 길 건너편에서 그를 보고 싶었다. 지금 눈앞에는 오직 한 남자만이 보이는 그의 목적지가 궁금해진다. 그의 발걸음을 따라갔다. 큰 트럭이 지나가 그의 모습이 사라진다. 하지만 다시 나타났다. 걸음은 왜 그렇게 빠른지, 앞에서 걸어가며 길을 막은 아줌마들 때문에 그를 놓칠 뻔했다. 갑작스러운 방향 전환은 이 남자의 주특기인 것 같다.

남자의 빠른 걸음걸이에 조금씩 지쳐간다. 그래도 괜찮다. 그래도 힘들지만은 않다. 가끔은 보람도 느낀다. 이 남자가 걷는 길들은 그래도 꽤 아름답다.

이번에는 오르막길이었다. 아득히 높은 곳까지 놓여 있는 길을 올려다본다. 이건 좀 미친 짓이 아닌가 생각이 든다. 몇 Km의 거리나 걸어왔는데, 이런 높은 곳까지 가야 한다니, 한숨만 쉬어진다.

오르막길의 끝에는 정원이 있었다. 그곳에는 라일락 꽃이 피어 있었다. 담배를 피웠다. 남자를 따라 올라온 길을 내려다보며 담배 연기를 뱉어냈다.

혁명 기념일의 불꽃들이 모두 사라지고 난 뒤 윤은 나에게서 떠났다. 쓸쓸해진 교차로 모퉁이의 테라스에서 그는 나에게 이별을 통보했다. 다시 돌아오라고 말할 수는 없었다. 아주 먼 곳으로 떠난 그를 더 이상 붙잡을 수 있는 방법이 없다는 걸 알고 있었다.

그가 떠나고 없는 자리의 빈 잔엔 한 방울의 와인만이 남아있다. 그리고 재떨이엔 시커멓게 그을린 담배들이 부서져있다. 나는 그때 윤에게 아무 말도 해줄 수 없었다. 오래된 기억의 그늘에서 벗어나지 못하는 그를 그곳에서 데리고 나올 방법이 없다는 걸 알고 있었다. 난 그의 고통을 몰랐다. 그가 가지고 있던 고통은 내가 겪어보지 못한 고통이었다. 그래서 난 그를 위로할 수 없었다.

아무 말 없이 있던 그의 눈이 잊히지 않는다. 어떤 말도 할 수 없이 그 모습을 지켜보고만 있는 건 괴로운 일이었다.

윤은 입술을 다문 채 그곳을 바라봤다. 화려한 불꽃 사이로 비친 어두운 기억의 한켠에 그의 시선이 머무른다. 그의 눈이 향한 곳을 봤다. 넘어갈 수도 돌아갈 수도 없는 그곳을 추억하던 그의 모습을 떠올린다.

Compas d'Or

    이 집에 살았던 그리스인은 이사를 가며 비둘기 모이를 버리지 않고 놔두고 갔다. 아침에 눈을 뜨면 비둘기 여러 마리가 닫혀있는 창문 앞에 모여 앉아 모이를 기다리고 있다. 어떻게 알았는지 잠에서 깨 눈을 뜨면 어디선가 소문을 듣고 온 비둘기들이 창가로 날아와 자리를 다툰다. 나는 그때 누워 있는 채로 눈만 떴을 뿐이었다.

    나는 그게 신기하다고도 느꼈다. 친구가 되어주는 비둘기들이 고맙기도 했다.

    푸드득거리는 날갯소리가 들린다. 아무런 소리도 들려오지 않던 내 방 창가에서 비둘기들이 싸우고 있는 소리가 들린다. 비둘기들에게 모이를 주며 친해졌다. 창문 앞에 모여든 비둘기들을 보며 위로를 얻었다. 하지만 그것도 싫증이 났다. 자루에 담아둔 모이를 손으로 퍼내는 것도 이젠 귀찮아졌다.

언젠가부턴 모이를 주지 않았다. 비둘기들은 여전히 소리를 내며 창문 앞에 앉아있지만 나는 외면했다. 그 그리스인이 놔두고 간 모이가 성가셔지기 시작했다. 왜 이런 쓰레기를 놔두고 가서 귀찮게 만드는지 모르겠다.

그 여자는 떠나던 날 내게 그렇게 말했다.

"추운 서울에서 좋은 친구들이 되어줄 거예요."

다시 커튼을 쳤다. 비둘기들이 다시 찾아오지 못하게 커튼을 쳐버렸다. 이 투명한 꽃무늬의 보라색 커튼도 그녀가 남겨두고 간 것이었다. 그 여자는 너무 많은 걸 남겨두고 갔다.

이 집으로 이사를 오던 날 전에 살던 집에 새로 들어온 남자에게서 메시지 한 통이 왔다. 이사를 오기 전에 살던 집을 깨끗하게 청소해놓고 오지 못했다. 남자는 왜 청소를 해놓고 가지 않았냐며 나를 원망하는 내용의 메시지를 보냈다. 다시 돌아가 청소해줘야 하나 하는 생각도 들었지만, 하지만 몸이 움직이질 않았다. 그리고 다시 그 집으로 돌아가고 싶은 마음도 없었다.

그는 아직도 나를 원망하고 있을지도 모르겠다. 하지만 난 그녀를 원망하기에도 시간이 모자라다. 커튼의 모양과 색깔이 마음에 들지 않는다. 하지만 잠깐 그렇게 커튼을 쳐놓아야 했다.

마지막까지 앉아있던 비둘기 한 마리도 창가를 떠나 날아갔다. 투명한 커튼 뒤로 멀어져 가는 비둘기의 모습을 바라봤다.

하나둘 떠나가는 것들을 본다. 하루하루가 지날수록 성장하는 기분이 든다. 성장하면 성장할수록 정체성을 찾아간다.

나는 죄인이다.

내 몸에는 두 개의 팔과 두 개의 다리가 달려 있다. 그리고 내 얼굴엔 두 개의 눈과 귀도 있다. 하지만 입은 하나뿐이다. 그래서 마음속의 진실들을 모두 말할 수가 없었다.

로렌은 어린 감수성을 가진 아이였다. 로렌의 그 맑은 눈빛은 그녀가 얼마만큼이나 순수한 아이였는지를 이미 말해주고 있었지만 나는 그 사실을 전혀 눈치채지 못하고 있었다. 로렌의 입은 믿을 것이 못됐다. 로렌이 하는 욕은 진실하지 않았다. 내가 생각했던 것처럼, 로렌은 그렇게 남자 같기만 한 아이가 아니었다.

안토니의 웃음소리에 감춰진 어두움을 나는 알지 못했다. 그 밝은 목소리는 언제나 날 위로해줬다. 하지만 그 뒤에 숨겨진 슬픔은 알아채지 못했다. 나는 듣고 싶은 것만 들으며 살았다. 안토니의 목소리가 밝지 않았다면, 로렌이 하는 욕이 내 귀를 세우게 하지 않았더라면 난 이 Bar를 다시 찾아오지는 않았을 것이다.

눈은 밖을 향해 있어서 자신의 마음속을 들여다볼 수 없다.

책장 위의 사과를 본 뒤에야 그게 사과라는 걸 알게 되는 것과 같았다. 우린 이제 꽤 잘 어울리는 친구들 같다. 별로 많은 말을 주고받지 않았지만 지난 일 년이라는 세월 동안 꽤 많은 시간들을 함께했으니 조금은 서로를 아는 것 같다.

안토니의 아버지는 모로코인이었고 돌아가셨다고 한다. 하지만 안토니는 슬픈 표정을 지어 보인 적이 없었다.

로렌의 가족은 언제나 함께 볼 수 있다. 로렌은 입이 거칠다. 그리고 그녀의 엄마는 목소리가 거칠었다. 하지만 가끔은 그랬다. 로렌도 로렌의 엄마도, 때론 표현하지 못한 채 외면해야만 했던 것들이 있었다. 그리고 숨겨버리고 말았던 것들이 있었다.

에밀리는 주방에 있느라 얼굴을 자주 보지는 못한다. 그 갑갑한 곳에서 요리를 하느라 힘들겠지만, 티를 내지는 않았다. 에밀리는 어떨 땐 로렌 같기도 했고 어떨 땐 그의 엄마 같기도 했다. 우린 서로 닮아있었다. 우리 모두의 공통점은 말이 별로 없었다는 점이었다. 안토니는 두세 번 보는 사람한테만 말이 많아 보일 테고 로렌은 처음 보는 사람한테만 그렇게 보일 테다. 에밀리는 주방에 있느라 말하는 걸 잘 못 본다.

그럴 땐 좀 미련스럽기도 했다. 서로 아무 말 없이 있기만 할 때는 어색함도 느꼈다. 답답할 때도 있었다. 에밀리도 주방에만 있느라 답답함을 느낄 때가 있을 것이다.

에밀리가 주방을 나와 구석 자리의 테이블에 앉아 있다. 에밀리를 본 게 오랜만이었다. 고개를 숙인 채 앉아 있는 모습을 멀찌감치서 바라본다.

에밀리는 배가 불러 보였다. 에밀리를 마지막으로 본 게 몇 주 전쯤이었던 것 같다. 그런데 그사이에 저렇게 배가 불러있는 걸까?

잘못 본 것일 수도 있었다. 처음엔 책 같은 걸 보고 있는 줄 알았다. 하지만 그 모습이 아무래도 무언가를 쓰다듬고 있는 모습처럼 보였다. 좀 더 가까이서 보거나 아니면 그냥 물어보면 되지만, 하지만 에밀리와는 친한 사이가 아니었기에 그러기도 이상했다. 선뜻 다가가 물어볼 수가 없었다. 에밀리의 표정이 행복해 보였다. 고개를 숙인 채 미소를 짓는, 그런 에밀리의 얼굴을 멀리서만 바라봤다.

"미국 하면 텍사스지, 누가 뉴욕이래."

에밀리의 모습을 가린 채 옆자리에 앉은 녀석이 미국에 대해 지껄였다. 바에 자리를 잡고 앉아 맥주 한 잔을 주문하며 그 녀석은 말했다.

"미국을 여행한다면 텍사스의 광활한 땅을 차로 달리고 싶어."

"오래전 영화에서 봤던 그런 풍경들, 커다란 간판의 단층모텔과 술집, 간혹 보이는 주유소, 그곳에서 강도를 당하거나 총에 맞아 죽어도 억울해할 수 없는 곳."

안토니는 듣고만 있었다.

"그게 진짜 미국 아냐?"

그리고 내게도 물었다. 하지만 난 못 들은 척했다.

바에서 일어섰다. 계산하고 나왔다. 계단을 올라서기 전 다시
한 번 에밀리를 봤다. 하지만 에밀리는 어느 쪽으로도 고개를
돌릴 생각이 없는 듯 보였다.

계단을 걸어 올랐다.

'에밀리는 어떤 남자를 만났을까.'

에밀리는 여전히 배를 쓰다듬고 있었다. 그리고 무언가를 상
상하며 미소 짓고 있는 듯했다.

'어떤 남자의 아기일까, 에밀리는 어떤 남자를 만나 사랑을 나
눴을까.'

남자가 아담이고 여자가 이브라면 틀림없이 에밀리는 남자를
만나 사랑한 게 분명했다. 맞다. 그 녀석 말이 맞았다. 미국의 광
활한 땅을 차로 달리고 싶다. 에밀리가 임신한 게 사실이었다면,
남자가 남자를 유혹하고 여자가 여자에게 끌리는 건 있을 수 없
는 일이었다.

나는 그날 그곳에서 윤을 처음 만났다. 그 광장을 벗어나 다

다른 곳은 황금나침반이라는 이름의 레스토랑이었다. 싸늘해진 테라스엔 유리막이 처져 있다. 유리에 낀 서리에 테라스에 앉은 사람들의 모습이 희미해져 있다. 어렴풋이 그때 봤던 종업원의 모습이 보인다. 그리고 그가 손에 들고 있는 메뉴판도 보인다.

테이블 위에 놓여 있던 음식들과 술이 생각난다. 이상한 냄새가 났다. 그건 거위 간 크림이었다. 그 역겨운 냄새에 난 와인만 계속해서 마셔댔다.

레스토랑의 모습은 그때 그대로였다. 단지 유리막이 처져 있을 뿐이다. 못에 걸려있는 구부러진 나침반의 간판을 보며 발걸음을 돌린다. 그때 그가 고른 와인의 이름은 기억나지 않았다. 떫은맛이 어느 정도인지 단맛은 어느 정도였는지 생각나지 않는다. 단지 그 와인은 유난히도 검은색을 띤 와인이라는 것이었다.

난 아직도 가끔 윤의 얼굴을 떠올리곤 한다. 레스토랑 앞에서 머뭇거리다 발걸음을 돌렸다. 그때 필름들을 맡겼던 걸 여태껏 잊고 있었다. 윤을 처음 만났던 날 현상소에 가서 필름을 맡겼던 게 이제야 생각이 났다. 이젠 정말 닫혀있을지도 모른다고 생각했다. 이젠 정말 그 아저씨의 얼굴을 볼 수 없을지도 모른다는 생각이 들었다.

하지만 문이 열려 있다. 현상소 아저씨는 어느 때보다 여유롭고 밝은 표정으로 나를 맞았다. 그런 표정이 처음이었다. 아저씨의 얼굴에서 그런 미소를 보게 되다니.

내가 생각했던 현상료의 반값도 안 되는 금액을 요구했을 땐 더더욱 그랬다. 값싼 현상료 덕분인지, 처음 보는 아저씨의 친절함 때문인지 사진을 받아 들고나오는 내 얼굴에 미소가 번졌다.

어떤 풍경과 모습들이었을지 궁금했다. 실패했다고 생각했던 사진들이었다. 그래서 그렇게 아무렇게나 서랍 속에 넣어 뒀던 거였다. 집으로 돌아와 사진들을 꺼냈다. 종이봉투에 붙여진 테이프를 뜯어내고 사진들을 꺼내 봤다.

사진 속 풍경들은 온통 회색으로 바래 있었다. 무엇을 찍었는지 알아보기도 힘들었다. 언제 어느 때 찍은 거였는지.

도무지 생각나질 않았다. 기억은 흐려져 있었다. 현상된 필름 속의 사진들에는 내가 기억했던 것과는 다른 모습의 풍경들이 그려져있었다. 사진 속 희미한 물체가 무엇이었는지 가물가물했다. 날짜가 새겨져 있지도 않다. 그래서 그냥 넘겨버린 다음 사진에는 긴 머리를 한 여자의 모습이 흔들리듯 찍혀있다.

당산철교였다. 그때 서울은 안개가 가득한 날씨였다. 그래서 선명하게 보이는 것들이 없었다. 안갯속에 둘러싸인 철교를 바라봤다. 그렇게 한참을 있다 일어나 다시 강가를 걸었다.

긴 머리의 여자가 내 옆을 스쳤다. 고개를 돌려 그 여자를 바라보다 그 뒷모습을 사진으로 찍었다. 그리고 그녀는 안갯속으로 사라졌다.

안개는 여전히 걷히지 않은 채였다. 그녀가 남긴 흔적 속에 둘러싸인 듯 비틀거렸다. 그 여자의 얼굴이 떠오르지 않았다. 사진 속에는 그녀의 뒷모습만이 흔들리듯 찍혀있었다.

마지막 사진에는 똑같은 모양의 불빛들이 길게 줄을 지어 서 있다. 그 불빛들을 따라가다 어느 먼 곳으로 왔을 때, 그리고 난 못에 걸려있는 황금색 나침반 하나를 발견했다. 안개가 걷혔다. 그 레스토랑에서 그는 구운 생선요리를 시켰다. 나이프 질을 하던 그의 손목을 떠올린다. 그의 손목에 채워져 있는 멈춘 시계를 보며 와인을 한 모금 마신다. 지워버릴 수 없는 기억의 한켠엔 아직도 그의 모습이 선명하게 남아있다.

밝고 희망적인 이야기들이었다. 어릴 적 우리 집 책장에 꽂혀 있는 책들은 모두 내 미래를 밝혀줄 만한 이야기의 책들뿐이었다. 하지만 조금씩 흐려지기 시작했다. 어릴 적의 기억도, 그리고 그때를 기억하는 내 모습조차도.

조금씩 선명해지기 시작한다. 책들이 하나씩 꺼내질 때마다 무언가가 눈앞을 스쳐가기 시작했다. 가녀린 여자의 손가락과 책들 사이로 보인 그 긴 머리의 색깔.

그곳은 내가 보지 못한 세계였다. 어린 나이의 나는 그 거대한 책장 뒤의 세계를 볼 수 없었다. 하얀 색깔 드레스의 치맛자락이 눈앞을 스쳐간다. 그리고 그 치맛자락을 향해 따라가던 어느 한 남자의 팔이 보인다. 책장 뒤의 무대에선 슬픈 연극이 펼쳐지고 있었다. 로미오는 줄리엣을 떠났다. 떠나가는 로미오의 뒷모습만 바라보며, 줄리엣은 그렇게 주저앉아있기만 한다.

　나는 그곳을 상상할 수 없었다. 그곳은 내가 볼 수 없던 세계였다. 그릴 수가 없었다. 그래서 믿을 수도 없었다. 로미오는 끝내 돌아오지 않을 거라는 사실은, 그렇지만 줄리엣은 그를 잊을 수가 없었다.

텍사스의 연인들

약을 찾았다. 서랍에서 약을 꺼냈다.

Lilas, 1일량 10g.

약 봉투 위에 게이시가 쓴 글자가 적혀 있다. 1일량 10g, 총 60g. 내가 짊어진 하루의 무게는 10g.

나는 6일치의 고통을 60g의 약으로 버텨내고 있다. 1년 3650g, 즉 3.65kg의 무게를 버텨내면 한 살을 더 먹는다.

왜 아무도 그런 말을 해주지 않았을까, 그리고 왜 아무도 그런 이야기를 해주지 않았을까. 1년에 짊어진 고통의 무게가 고작 3.65kg인 걸 알았더라면, 그랬다면 난 조금이라도 덜 힘들었을까.

'아니었을까…'

그날 윤은 이젠느와 잤다. 날 떠나던 그날 밤, 윤은 이젠느와 사랑을 나눴다. 돌이켜 보면 우리의 짧은 사랑이 결코 아름다웠다고 할 수 없었다. 낭만적이라 생각했던 그 짧은 시간 속의 순간들은 결코 사랑이 아니었다.

그들이 낳을 자식이 가엾다는 생각이 들었다. 결국 자신의 부모를 원망하게 될 그들이 낳을 아이의 운명을 생각하면 측은한 마음마저 들었다. 차라리 잘된 일일 거라고 생각했다. 그의 아기를 밸 수 없는 운명은, 그건 어쩌면 다행일지도 모른다는 생각마저 들었다.

이젠느는 그의 아기를 뱄을까, 불룩해진 배를 만지는 이젠느의 미소는 그 아이를 쓰다듬고 있을까.

벌에 쏘인 기억이 다시 부어올랐다.

'이젠느의 곁에서 윤은 행복할까?'

침대 위로 누운 상상은 또다시 나를 괴롭히기 시작했다. 그렇게 누워 있다 다시 일어나 컴퓨터 앞으로 갔다.

가죽 재킷 착용금지 법안이 며칠 내에 이루어질 것이라는 보도들이 줄을 잇는다. 전달되는 소식들은 모두 그런 것들뿐이었다. 가죽가방을 메고 다닐 날도 이제 얼마 남지 않았다. 동물을 죽이고 가죽을 뜯어내 가방을 만들고 시계를 차는 인간의 모습은 곧 사라지게 될 것이다.

멋진 가죽가방을 사는 것이 꿈이었다. 그렇지만 포기해야 한다. 법안이 통과되면 이젠 그것도 불법이 될 것이다. 섭섭한 마음이 든다. 남기지조차 못하고 떠나야만 한다면.

'내가 왜 그 사람을 미워하고 있는 걸까, 왜 나는 그 사람의 고통을 상상하고 있는 걸까'

상상 속에서 나는 수십 번이고 그들을 죽였다. 죽음 앞에서 두려워하는 그 불쌍하고 가여운 눈을 수없이 마주했다. 그 물음에 대한 답은 명확했다. 내가 그의 고통을 상상하는 데에는 이유가 있었다. 왜냐면 사슴은 고통을 상상할 수 없기 때문이었다.

난 그들을 죽여도 고통스럽게 죽이지는 않겠다. 살아있는 채로 껍질을 벗겨내는 그런 야만적인 짓은 하지 않을 것이다. 그렇게 다짐했다. 방 안에 갇힌 채 문만 바라보며 그런 말만 해댔다. 하지만 들어줄 사람은 없었다. 네아도 더 이상은 우리 집에 오지 않았다.

네아는 그 뒤로 내게 연락을 하지 않았다. 언젠가 한 번 집에 찾아와 문을 두드렸던 적이 있었지만.

그때 난 네아를 그냥 돌려보냈다. 더 이상은 볼 수 없을 것 같다고, 난 네아가 말할 틈을 주지 않고 문을 닫아버렸다. 난 나지막이 말했다. 네 잔소리를 듣고 싶지 않다고, 그리고 더 이상 네 얼굴도 보지 싶지 않다고.

그때도 네아의 손에는 콜라가 들려 있었다. 그리고 한쪽 손엔 또 다른 무언가가 쥐어져 있었다. 하지만 못 본 척했다. 그 후로는 네아의 얼굴을 본 적이 없었다. 그게 끝이었다.

내 마음속엔 더 이상 공간이 없었다. 그런 이유에서였다. 네아를 돌려보낸 건 다른 이유에서가 아니었다. 네아도 나를 답답해했으니, 이제 네아도 더는 콜라를 마시지 않아도 될 것 같다는 생각에 오히려 마음이 편안하기만 했다.

난 맥주를 좋아하지 않았다. 하지만 오늘은 안토니에게 맥주 한 잔을 달라고 말했다. 이른 오후 Bar를 찾았다. 잡념조차 없어 보이는 내 표정을 보며 안토니는 물었다. 안토니는 내게 오늘 아침 뉴스를 봤냐고 물었다. 나는 늘 안토니의 말을 한 번에 알아듣지 못했다. 로렌의 말도 그랬다. 난 그 아이들의 말을 잘 알아듣지 못했다. 그 아이들의 말이 너무 빨라서는 아니었다. 모르는 단어의 프랑스어는 문제가 아니었다. 안토니와 로렌은 한 번씩 한국말도 섞어 가며 이야기하곤 했다. 알아듣기 힘들 만큼 부정확한 발음도 아니었다. 그래도 그 아이들은 한국말을 꽤 잘한다. 그럼에도 난 안토니가 한 말을 이해하지 못했다.

난 원래 말을 잘 못 알아들었다. 한 발의 미사일이 바다 위로 날아들었다는 이야기에 나는 안토니의 모습을 멍하니 바라보기만 했다.

안토니는 내가 자신의 말을 잘 못 알아듣고 있다는 걸 눈치챈 듯했다. 하지만 오늘은 포기하지 않았다. 최대한 천천히, 그리고 조금 더 정확하게 또박또박한 목소리로 이야기했다. 그리고 북쪽에서 남쪽으로 미사일이 한 발 날라왔다고 말했다.

난 안토니에게 혹시 죽은 사람이라도 있었는지 물었다. 그제야 입을 떼어내며 이야기했다. 하지만 없었다고 한다. 미사일은 바다로 떨어졌다고, 안토니는 다시 한 번 내게 설명하듯 말했다.

그때가 되어서야 난 고개를 끄덕였다. 그리고 다시 맥주잔을 바라봤다. 출렁이던 맥주도, 이젠 거품마저 가라앉은 채 고요해졌다. 떠오르는 건 그런 생각뿐이었다. 혹은 그런 모습뿐이었다.

그를 지우면서도 난 다시 그를 떠올리고 있었다. 기억은 지우려고 해도 지워지지 않고 기억해 두려 해도 잊어버리기 마련이다. 내가 그를 기억해 두려 했다면 알아채지 못했을까, 그렇게나 지우려 했더니 다시 나타나 선명한 걸까,

"절 어디선가 본 적 있죠?"

더 이상 아픈 기억은 없다.

"많이 변했네요. 얼굴도, 모습도."

그렇지만 어딘가가 아프다.

어느 남자가 내게로 다가왔다. 그리고 나를 본 적이 있지 않냐고 묻는다. 그렇다고 대답하기엔 그의 숨소리가 너무 가까이서 들리고, 똑바로 쳐다보기엔 그의 눈동자가 너무 훤히 들여다보인다.

아직 살아있는 것 같다. 새로운 아침, 새로운 공기다. 하지만 달라져 있는 건 없다. 내 얼굴은 변해있지 않다. 어렴풋이 스며드는 빛은, 죽어있는 방에 드는 햇살 같은 느낌이다.

컴퓨터를 켜니 먼지 필터에서 건조한 냄새가 새어 나온다. 한 시간도 채 되지 않아 너무 뜨거워져 있기도 했고, 그러다 꺼졌다 커졌다 하기를 반복한다.

신문 기사를 읽었다. 새로운 소식들이 쏟아져 나온다. 사건과 사고의 현장들, 그리고 불만 가득한 목소리나 누군가를 향한 호소. 가끔 가다 따뜻한 이야기도 흘러나온다.

어느 기사에는 한 서양인 남자의 얼굴이 사진으로 실려 있다. 그의 얼굴은.

하지만 입술과 눈썹이 약간 비뚤어져 있다. 그의 이름은 기마누엘 방갈테르였다. 남자는 미소 짓고 있었다. 그날 잠에서 눈을 떴을 때, 그 하얗게 칠해진 벽에 갇혀 침대에 누운 내 앞으로 어느 서양인 남자 한 명이 서있었다. 의사는 그를 대학생이라고 소개했다. 그것밖에는 기억나지 않는다. 어두운 밤 사이렌 소리가 울리던 날, 내 앞에 서 있던 사람은 삐뚤어진 미소를 가진 사람이었다는 것밖에는.

그는 내게 피를 줬다. 의사는 자신의 옆에 서 있던 사람을 내게 소개해줬다. 그리고 그가 자신의 피를 내게 건넸다며, 그 금테 안경을 낀 의사는 환한 표정으로 웃어 보였다. 꼭 그와 닮았다. 어렸을 적 봤던 그의 모습과 그의 모습이 서로 닮았다. 그 사진 속 남자와 내 기억 속의 남자는 서로 얼굴이 닮아있다.

망상은 때론 비참한 현실을 부축한다. 슬퍼하지 않을 이유는 없다. 다만, 희망을 꿈꿀 필요도 없다.

기 마누엘 방갈테르라는 사람은 두 개의 인격체를 하나로 결합하는 것이 가능할 것이라고 이야기했다. 두 마리의 양을 하나로 합치는 실험에 성공했다는 뉴스가 인터넷을 통해 실시간으로 전달되고 있었다. 완전한 하나가 될 수 있는 순간이었다. 완벽한 사랑을 꿈꿀 수 있는 순간이 다가오고 있었다. 그가 사진 속에 모습을 드러냈다. 그리고 그가 실험에 성공했다는 사실을 언론들은 알리기 시작했다. 모두의 시선이 그에게로 향했다. 우연이었던 인연이 연인이 될 수 있는 순간이었다. 우연에서 시작했던 사랑이 필연으로 결실을 맺을 수 있는 희망이었다.

그 기사가 나온 뒤, 그의 일거수일투족이 사람들의 관심을 끌었다. 그가 프랑스에서 한국으로 오게 된 시기와 배경까지 화제가 되었다. 그의 사생활도 조금씩 알려지기 시작했다. 그는 동성애자였다. 그의 애인은 남자라는 이야기가 있었지만 확인된 것은 없었다.

그의 모습을 바라봤다. 컴퓨터 앞에 앉아 그 프랑스 인 박사의 사진을 들여다보다, 난 어릴 적 봤던 그의 모습을 떠올렸다. 그가 짓던 미소를 보았을 때, 난 그때 내게 피를 줬던 서양인이기 마누엘 방갈테르 박사였을 거라는 상상을 했다.

1층에서 2층으로 올라가는 복도에는 나이 든 의사 한 명이 아이들을 가르치는 그림이 걸려있다. 옆을 스쳐 지나가는 사람들을 본다. 의사와 간호사, 환자 그리고 환자의 가족들이 눈앞에서 나타났다 사라진다.

기억을 따라 발걸음을 옮겼다. 빨간색 선을 따라간다. 메트로 열차에 올라 그곳으로 향했다.

병원이었다. 건물 꼭대기에는 조그만 십자가가 하나가 내걸려 있다. 입구에서부터 익숙한 냄새들이 흘러나온다. 2층으로 올라와 복도를 따라 걸었다. 병든 사람들이 보인다. 그 많은 사람들을 지나온 곳 끝자락에 흉부외과가 있었다. 기억은 변하지 않았다. 벽에 붙어있는 의사의 사진이 보인다. 수천 회의 심장 수술을 성공시킨 그의 사진 속 미소가 날 반긴다.

문을 두드렸다. 그리고 들어간 곳엔 금테 안경을 낀 남자 한 명이 책상 앞에 앉아 있었다. 하얀 가운을 입고 있는 남자다. 그는 날 쳐다봤다. 그 모습이 떠오를 듯했다. 나를 보며 환한 미소를 지어 보였던 그 의사의 얼굴이 기억이 날 듯했다.

그렇지만 그는 고개를 숙였다. 그의 안경테 속 눈빛은 분명 나를 기억하고 있었다. 하지만 못 본 체했다. 고개를 들어 내 눈을 마주치려 하지도 않았다. 이상했다. 그는 마치 죄인 같았다. 그는 나를 살려준 의사였다. 내게 새로운 생명을 선물해 준 사람이었다. 하지만 그는 나를 기억하지 못하는 것 같았다.

자리에서 일어섰다. 그에게 고마운 마음이라도 전하려 한 것이었지만, 하지만 그곳을 나서야 했다.

셔츠 사이로 드러난 내 가슴 위의 흉터를 봤을 땐, 그는 끝내 고개를 떨어뜨린 채 입을 열지 못했다. 내 가슴의 흉터는 내 나이만큼 자라고 성장했다. 이젠 흉측하지도 않다. 조금씩 주름이 생기고 구겨졌지만 이젠 그 모습이 아름다워 보이기까지 했다.

난 단지 그 모습을 보여주고 싶었다. 하지만 그에겐 그게 상처였을지 몰랐다. 그가 내 가슴을 바늘로 꿰맨 자국이, 그에겐 잊고 싶은 기억이었을 줄은 상상하지 못했다.

아무튼 그는 날 기억하지 못했다. 그 금테 안경을 낀 남자의 모습은, 나를 기억하지 못한 채 고개만 숙이고 있었다.

루나

어린 추억은 나이가 들어 이미 너무 늙어 있었다. 다시 그곳을 찾았을 땐, 하지만 너무 많은 시간이 지나고 난 뒤였다.

트위기를 찾아갔다. 그에게서 받아간 약을 되돌려 주기엔, 하지만 아직 그만한 여유는 없었다. 그럼에도 그를 찾아가 고마움이라도 전해주고 싶은 마음이었다.

그의 집 앞에 도착해서, 집 문 앞에 서서 잠깐 머뭇거렸다. 그를 불러내려 문을 두드리려고 할 때, 하지만 왜인지 망설여졌다. 그를 불러낼 자신이 없었다. 땅바닥만 보며 시간을 낭비했다. 안에선 음악 소리가 들렸다. 하지만 인기척은 느껴지지 않았다.

다시 발걸음을 돌리려 하던 순간 트위기가 문을 열고 나왔다. 트위기는 내 모습을 보고는 놀란 표정을 지었다. 무슨 일이라도 있는 거냐며, 그는 나를 맞으면서도 걱정스러운 표정부터 지었다.

미안한 마음이 들었다. 그래서 오게 되었다고 이야기하고 싶었지만, 입이 잘 떼어지지 않았다. 그냥 커피라도 한잔할 수 있겠냐며 둘러 말했다.

트위기는 틀어놓았던 음악을 끄고 앉을 자리부터 챙겼다. 그리곤 커피를 타 주겠다며 잠시만 기다려 달라고 했다. 그는 여전했다. 하지만 집안 풍경은 그때와는 조금 다른 듯 보였다. 양초는 그대로였다. 그리고 그 위에 불을 붙여놓은 것도 똑같았다. 하지만 그때는 보이지 않았던 것들이 눈에 들어온다.

그의 집 구석 한켠엔 악기들이 몇 개 놓여 있었다. 네 줄로 된 베이스 기타와 가끔 다섯 줄로 된 기타도 보인다. 오랫동안 쓰지 않은 채로 있었는지 악기들 위에는 새하얗게 먼지가 뒤덮여 있다. 악기들 사이로는.

'이 집에도 거미가 사나 보다.'

악기 사이로 거미줄이 보였다. 하지만 그땐 왜 보이지 않았는지,

이젠 그의 얼굴도, 그리고 나를 보는 그의 시선도 더 이상 불편하진 않다. 바닥에 깔린 검붉은색 카펫도 더 이상 자극적으로 보이지 않는다. 열매가 맺힌 가지들이 떨어져 엉킨 듯한 모습이었다. 하지만 그 무늬도 낯설지 않게 느껴진다.

그는 커피를 가지고 오며, 대뜸 나를 일으켜 세우며 TV가 놓여 있는 소파로 데리고 갔다. 한동안 소파에 앉아 아무 말도 없

이 커피만 마셨지만, 그러다 분위기를 바꾸려는 듯 그는 무언가를 뒤적거리기 시작했다. 보여줄 게 있는 듯했다. TV 밑에 있던 동그란 과자 상자 속에서 무언가를 꺼냈다. 비디오테이프였다.

'비디오테이프…'

조금 놀랐다. 아직도 이런 게 있으리라고는 생각하지 못했다.

그는 자신의 어린 시절 모습이라며 웃어 보였다. 영상 속에서 어린 꼬마 아이의 모습이 반복되어 흘러나왔다. 우린 그렇게 아무 말 없이 비디오만 봤다. 트위기는 가끔 화면 속의 장소를 이야기하거나, 또는 자신의 아버지나 어머니에 관해 이야기하는 정도였다.

영상 속에선 노래가 흘러나왔다. 그리곤 그 노래의 후렴구를 낮은 목소리로 반복해서 되뇌었다. 그는 그렇게 말했다. 하지만 그건 어찌 보면 조금 절망적인 이야기였다. 그의 얼굴은 그런 비극적인 단어들과도 어색해 보이지 않았다. 생각해보면 그런 마음밖엔 들지 않았다.

그의 입술엔 여전히 붉은색의 립스틱이 칠해져 있었다. 그리고 그의 집은 여전히 젠티안 냄새로 가득 차 있었다. 궁금했다. 그는 도대체 어떤 사람인지,

그가 걸치고 있는 녹색의 천에는 도대체 어떤 의미가 담겨 있는 건지. 마치 주술사와도 같은 그의 모습은 내게 무얼 말하고

있는 건지,

나는 트위기에 대해 알고 싶었다. 화면에서 눈을 떼어내며 고개를 숙였다. 영상이 멈춘 뒤, 그리곤 난 그에게 이야기했다.

"제 가슴에 흉터가 있어요."

그는 내 가슴의 흉터를 조용히 바라봤다.

"어릴 때 친구들은 이 흉터를 보곤 도망갔어요. 친했던 친구들도, 흉터를 보고는 뒤로 물러서더니. 그렇게 멀어졌어요."

윤은 날 내려다봤다. 난 윤의 팔을 베고 그를 올려다봤다. 아침이 밝았다. 우린 서로를 바라보며 누워있다. 끊겨버린 대화에 불안해하지도 이어갈 대화를 걱정하지도 않는다. 난 그렇게 그를 보고 있었다. 그리고 그는 내 가슴의 흉터를 만졌다.

"나였어도 그랬을 것 같아요, 가슴에 있는 흉측한 흉터를 봤다면, 나였어도 도망갔을 거예요."

"어디서도 그 흉터를 드러내고 다니지 않았어요, 우연으로라도 볼 수 없게 옷으로 꼭꼭 숨기고 다녔죠"

"시간이 지날수록 완벽해져 갔어요. 누구에게도 들키지 않고, 그렇게 평범한 사람처럼 살아갔어요"

탁자 위에 있던 양초 하나가 모두 타들었다. 트위기는 새 양초 하나를 꺼내 왔다.

그리고 새로운 불을 붙였다.

"내게 그런 말을 건넸던 사람이 있었어요, 널 사랑하는 사람이 있다면 네 가슴의 흉터마저도 사랑할 거라고."

"그때 그 사람은 컴컴한 내 방 안에 촛불을 들고 나타난 존재 같았죠."

"그 촛불에 비춰 내 얼굴이 환해졌어요."

햇살이 밝았다. 지난밤 윤이 서 있었던 창가로 따뜻한 햇살이 비췄다.

"그리고 그 뒤론 숨겨둔 흉터를 드러내고 다녔어요. 셔츠를 입고 다니고 셔츠 단추를 풀어 입었어요."

"사람들은 내 가슴의 흉터를 봤죠, 처음엔 부끄러웠지만, 시간이 지날수록 그것마저도 평범해져 갔어요."

"어느 날엔가 나는 정말로 평범한 사람이 되어 있었어요."

"가슴 위의 흉측했던 흉터가 아름다운 십자가로 변해있었어요, 어떤 사람은 그렇게 말하기까지 했어요. 십자가 문신을 한 거 아니냐고."

트위기의 표정에도 환한 미소가 비췄다. 내가 늘어놓은 이야기들을 따라 절뚝거리는 다리로 걸어오던 그의 얼굴에도 희망 같은 것이 비췄다. 하지만 그 문 앞에서 좌절하고 말았다. 결국 그곳으로 다다라선.

"죄인이 된 기분이었어요, 흉측했던 흉터가 십자가로 변했을 때 죄인이란 걸 깨달았어요."

"저는 그 남자를 사랑했고 결국 그 남자와 잤지만, 죄인이 된 기분이었어요."

"그래서 슬픈 건지 모르겠어요."

"운명 같았어요. 윤은 내 가슴의 흉터를 만진 남자였어요. 그는 내 심장이 뛰는 소리를 들은 유일한 사람이었어요."

윤이 무슨 생각을 하는지 궁금했다. 늦은 밤 여름 바람이 불어왔다. 우리는 체리 와인을 마셨다. 윤은 소파에 반쯤 기대 누운 채 앞에 둔 의자에 다리를 올렸다. 한참이나 음악 소리만이 흐를 때 우린 조금씩 말이 없어졌다.

그러다 음악이 멈췄다. 벽에 걸린 액자들이 보였다. 조금씩 다 크기가 다른 사진의 액자들이었다. 액자 속 사진들을 보다 윤에게 물어보고 싶었다. 방황하는 우리 둘의 침묵을 깰 사진 한 장을 발견했다.

우린 그날밤 사랑을 나눴다. 그와 난 어울리지 않는 사이였다. 이루어질 수 없는 사랑이었다. 하지만 사랑했다.

'우리는 왜 그들의 사랑을 물려받게 되었을까'

우린 로미오도 줄리엣도 아니었다. 우린 아담도 이브도 아니었다. 그럼에도 왜 우린 사랑을 나눴을까, 그럼에도 우린 왜 사랑해야만 했을까.

'열차가 도착하고 있습니다. 한 걸음 물러나 주십시오.'

서울의 메트로에선 더 이상 한 걸음 뒤로 물러설 필요가 없다. 열차로 뛰어들어 목숨을 버리는 일은 이제 불가능해졌다. 서울에서 자살할 수 있는 방법의 개수는 더욱 줄어들었다. 정부의 실업자 구제 정책과 빈곤한 사람들을 지원하는 시스템은 크게 발전되었다. 이제 마음대로 죽기도 힘들어졌다. 하지만 왜 이별한 자들을 구제해 주는 정책은 없는 걸까.

루나는 지금 죽고 싶기 일보직전이다. 역에는 사람이 아무도 없다. 하지만 죽을 수 없었다. 누군가가 뜯어말릴 만한 사람은 역 안에 보이지 않는다. 그럼에도 그녀는 스스로를 놓아버릴 수 없었다.

또 다른 열차가 도착했다. 이젠 몇 번째 열차인지도 세기조차 힘들다. 유리 벽 문이 열리고 열차의 안내방송은 어서 타라고 재촉하지만, 하지만 루나는 움직일 수 없었다.

열차를 타면 그를 만나러 갈 수 있을까, 열차를 타고 도착한 곳엔 그가 있을까.

슬퍼하는 루나를 안아줄 사람은 없다. 끝내 눈물을 떨어뜨리는 그녀의 얼굴을 감싸줄 사람은 지금 이 역 안에는 아무도 없다.

루나에게서 멀어진 거리만큼, 그리고 루나가 내게서 멀어져

간 걸음만큼, 우린 아주 먼 곳에서 서로를 바라보고 있다. 루나의 손을 잡기에는 내 손은 이미 너무 멀어져 더 이상 손을 뻗을 수조차 없었다.

같은 배 속에 있던 형제를 사랑했다면 믿을 수 있을까, 같은 배 속에서 자라난 자매가 서로 사랑한 사이였다면 이해할 수 있을까, 그것이 형제든 자매든 혹은 남매이든 내가 그녀를 사랑했다면.

바다가 그리웠다. 그 어둡고 검은 바다에서 꿈을 꾸던 날을 떠올린다.

같은 피의 혈육을 사랑한다면 그건 죄일까, 난 금기된 사랑 앞에 놓인 사과를 베어 물었던 걸까.

루나를 보았다. 검은색의 나무 뒤로 하얀 햇살이 비춘다. 잠을 자고 일어난 사이 세상은 다시 밝아져 있다.

그에게 내 이야기들을 했을 때 비로소 난 내가 정상적인 사람일 거라는 막연한 희망에서 미련을 떼어 놓았다. 그가 내 이야기를 듣고 있는 동안 내가 살아야 할 곳이 그런 희망 가득한 세상이 아니라는 것을 알게 되었다.

완전하게 비정상적인 사람이 되었다. 트위기의 집에서 나는 내가 살아야 할 곳이 이 어둡고 쾌쾌한 곳과 같은 세상임을 깨닫게 되었다.

트위기는 내게 선물을 줬다. 약 봉투들이 담긴 커다란 종이 상자 하나를 선물했다. 깊은 잠을 자고 싶었다. 새롭게 태어나고 싶었다. 트위기는 그런 내 간절한 바람을 읽은 듯했다. 그리고 정성스럽게 포장된 상자 하나를 내게 건넸다.

희미해진 눈으로 바라봤다. 어두운 Bar 조명등 아래의 사람들을 보며 이야기했다. 하지만 들을 수 없었다.

로렌은 테이블을 치우기 위해 빠른 걸음으로 걸어간다. 안토니는 분주하게 손을 움직이며 칵테일을 만들고 술을 잔에 따랐다. 그 모습이 느리게 보였다. 에밀리는 보이지 않았다. 그리고 막다른 벽에 손을 올려놓은 듯 고개를 떨어뜨렸다.

'이 좁은 길엔 통로가 없는 걸까.'

내 목소리는 누구에게도 들리지 않았다. 그래서 누구도 들을 수 없었다. 모든 게 그렇게 보였다. 빠른 걸음, 바쁜 손이었지만. 모두 느려 보였다.

눈꺼풀이 무거웠다. 일으켜 세우기가 힘이 들었다. Bar의 풍경들이 곧 멈출 듯한 필름처럼 늘어져 갔다. 그리고 루나는 더 이상 그곳에서 보이지 않았다.

안토니와 로렌은 Bar를 정리하고 있었다. 로렌은 비속어를 섞어가며 걸레로 바를 문지르듯 닦아내고 있다. 안토니는 의자들을 테이블 위에 올려놓으며 바닥을 청소할 준비를 한다. 의자를 들어 올리다 인기척을 들은 안토니가 고개를 돌렸다. 안토니가 나를 부르는 소리에 로렌도 고개를 돌려 큰 목소리로 나를 부른다.

슬픔은 또 다른 계절이 되어 찾아왔다. 12월의 겨울이다. 길고 긴 시간들을 지나와 다시 그곳에 섰다.

파티가 끝난 뒤의 모습처럼 Bar에는 허전함이 맴돌았다. 안토니와 로렌은 여행을 떠날 것이라고 했다. 청소를 하다 멈추고 담배를 물었다. 담배 연기를 뱉으며 설레는 눈으로 그곳을 떠올렸다.

하지만 그리 오래 있다 오진 않을 거라고 말했다. 안토니는 내 머리를 쓰다듬으며 아쉬워 말라는 듯 조그만 미소를 지었다. 그러다 갑자기 주방으로 가더니 무언가를 가지고 나왔다.

안토니가 들고나오는 부스럭거리는 종이봉투의 소리에 로렌은 나를 보며 슬며시 웃었다. 안토니와 로렌이 나무딸기와인 한 병과 작은 카드 한 장이 든 종이봉투를 선물했다.

나무딸기와인이었다. 그리고 귀여운 소녀의 그림이 그려진 카드편지 한 장이 봉투 속에 들어 있었다.

나무딸기와인은 키르와 맛이 비슷했다. 키르가 그리워질 나를 위한 선물인 것 같았다. 카드 위에 적힌 로렌의 글자는 투박

하고 거칠다. 편지 위에 묻어있는 잉크는 처음 만난 친구와의 인사처럼 파랗게 번져있다. 언제나 내가 찾을 때면 문을 열고 나를 기다려 줬던 Bar였다. 내가 필요할 때면 항상 그곳에 있어줬던 아이들이었다. 그 인사가 마지막처럼 느껴졌다. 그 붉은색의 와인 한 병이 작별의 선물처럼 쓸쓸한 행복으로 다가온다.

12월의 겨울처럼, 아무것도 걸치지 않은 나무가 된 듯 다시 쓸쓸해졌다. 하얀 눈이 쌓인 거리를 걸었다. 가족과 연인, 커다란 크리스마스 트리와 마차 앞에서 사진을 찍는 사람들의 웃음을 카메라로 훔쳤다. 네온 크리스마스의 거리를 걸으며 얼어붙은 구름 조각들을 올려다봤다.

트위기에게 받은 상자를 가지고 집으로 왔다. 안토니와 로렌의 선물도 가지고 돌아왔다.

창문으로 들어온 몇 조각의 불빛만이 어두운 방 안을 비추고 있다. 내 앞에는 많은 약이 놓여있다. 나무딸기와인을 마셨다. 그리고 약을 먹었다.

와인 병에 그려진 그림을 보며 긴 여행을 떠났다. 조금씩 취해 갔다. 그리고 몸속으로 퍼져나갔다. 두 개의 탑 사이를 지났다. 그리고 난 그곳에서 누군가를 보았다. 그 사이로 난 길을 따라 어느 머나먼 세계로 향하는 어느 한 남자의 모습을 봤다.

My heart is electric

지난밤 나는 깊고 짙은 어두움 속에 잠이 들었다. 세상은 이미 하얗고 밝았다. 어둠 속에 갇혀 있다 그곳을 깨고 나온 얼굴은 햇살을 맞았다.

루나는 광장의 한가운데에 서 있다. 그리고 누군가를 기다리고 있다.

광장의 한가운데에 서 있는 어느 백발의 할머니는 십자가를 손에 쥔 채로 지나가는 사람들을 향해 예수를 믿으라 말한다. 그리고 루나에게로 다가왔다. 그리고 루나를 바라보며 간절한 눈빛으로 말했다.

"예수를 믿으라."

너를 구원할 것이다라고.

그 어지러운 풍경 사이로 누군가를 찾고 있는 남자의 모습을 본다. 그 수많은 사람들 사이로 비스듬히 기울어져 걸어오는 한 남자가 보인다. 그는 안경을 꼈다. 손목에 찬 시계를 보며 멀리서부터 걸어오는 남자의 모습을 본다. 스쳐 지나가는 사람들 사이로 누군가를 찾고 있는 그의 모습이 보인다.

시계를 보던 남자는 소매를 내리며 저 멀리에 서 있는 한 여자를 봤다. 그녀의 하얀 서츠는 가슴이 드러나 보이게 풀어져 있으며 그녀의 가슴 위로 꿰매진 십자가 모양의 흉터가 그의 눈 속에서 선명하게 비친다. 남자는 심장이 뛰기 시작했다. 그의 안경 속 눈빛은 이미 흔들리기 시작했다.

그녀의 차가운 눈 속에 어느 불쌍한 남자가 서 있다. 그녀를 바라보며 서 있는 한 남자를 본다. 그녀는 심장을 더욱 빠르게 움직였다. 그녀의 피는 몸속을 빠르게 돌기 시작했다. 그리고 그녀는 고개를 돌려 백발의 할머니를 쳐다보며 그렇게 말했다.

"전 예수를 믿지 않아요."

남자는 루나에게로 다가왔다. 그리고 루나에게 손을 내밀었다.

루나는 그의 눈에서 시선을 떼지 못했다. 그의 앞에서 루나는 한참 동안 아무 말도 꺼내지 못한 채 그의 얼굴을 바라보기만 한다.

'진짜 사랑이란 무엇인가.'

다시 누군가가 그런 질문을 해온다면 그땐 그렇게 대답하고 싶다. 그런 질문에 대한 답을 해야 한다면 그땐 그렇게 말하고

로미오는 줄리엣을
사랑하지 않았다

싶다. 그건 우리 둘만 아는 비밀이라고, 사람들은 모두 모르지만, 오직 너와 나만 아는 비밀이라고.

　루나는 구석 자리에서 일어섰다. 한 방울의 와인이 남겨진 잔을 두고 그녀는 계단을 올라섰다. Bar를 나선 그녀의 얼굴에 햇살이 비춘다. 사람들이 스쳐 지나갔다. 파란 하늘의 오후였다. 그 거리에서 그녀를 봤다. 그 깊고 짙은 어둠에 그을린 루나의 얼굴에서 하얀 슬픔이 맴돌았다.

로미오는 줄리엣을
사랑하지 않았다